Lamia Ziadé

Mon port de Beyrouth

C'est une malédiction, ton pauvre pays !

ISBN : 978-2-8180-5244-0
www.pol-editeur.com

Conception graphique :
Patrick Tanguy / Nuit de Chine et Lamia Ziadé
Photogravure : IGS
Sodis : E00140

Deuxième édition

Lamia Ziadé

Mon port de Beyrouth

C'est une malédiction, ton pauvre pays !

P.O.L

Pour Nayla
Youmna
Walid

Un message s'affiche sur l'écran de mon téléphone. « C'est une malédiction, ton pauvre pays ! » L'ami qui me l'a envoyé parle sûrement de la terrible crise économique qui précipite depuis quelques mois le Liban au fond du gouffre et de l'épidémie du Coronavirus qui sévit depuis quelques jours. Alors que je m'apprête à reposer mon téléphone, je m'aperçois que j'ai aussi soixante-dix nouveaux messages sur notre groupe WhatsApp familial, pourtant dernièrement assez inactif. J'ai la chair de poule tout à coup. Que se passe-t-il ? Le premier des soixante-dix messages, « All safe ? », est envoyé par mon cousin. Mon cœur s'effondre. Il s'est passé quelque chose de grave. Le ventre noué je survole les messages suivants. Les deux premiers, « oui », « moi oui », envoyés une minute après par mon frère et ma sœur, me confirment l'urgence de la situation. Le troisième, une photo d'un canapé qui disparaît sous les débris d'une baie vitrée en miettes, avec la légende : « J'étais assise là une minute avant », est envoyé par une de mes cousines, pourtant à l'autre bout de la ville, tandis qu'une autre écrit : « Je n'ai plus d'appartement. » Un selfie de ma sœur le visage en sang, toutes les vitres de son bureau brisées et les meubles en morceaux, et mon cœur bat à tout rompre. Je pense immédiatement à un bombardement israélien, ça fait plus de quinze ans qu'ils nous le promettent, qu'on vit avec leurs menaces nuit et jour et avec leurs avions qui survolent le Liban plusieurs fois par jour depuis plusieurs semaines. J'ouvre, tremblante, le site de *L'Orient-Le Jour* mais il ne fonctionne plus. Puis mon frère transfère au groupe une petite vidéo qu'on lui a envoyée. Les premières images du blast me brisent en mille morceaux.

Désespoir, terreur, angoisse, naufrage, détresse. Depuis l'explosion, je ne vis plus, je sanglote toutes les heures, je ne dors plus la nuit, je m'endors au petit matin, je me réveille deux heures plus tard en me disant que j'ai fait un horrible cauchemar, je me rends compte une minute après que ce n'était pas un cauchemar mais la réalité, et je fonds en larmes dans mon lit en pensant au silo détruit. Je suis à Paris, mais pas une seule seconde je ne pense à autre chose qu'à Beyrouth. Beyrouth à terre, détruite et traumatisée.

Je suis suspendue à mon téléphone, entre WhatsApp et Instagram, car c'est là que tout se passe. Depuis les révoltes d'octobre 2019, c'est le moyen le plus efficace d'être bien informé. Chaque Libanais est une agence de presse à lui seul et les nouvelles se transmettent à la vitesse de l'éclair. Pire que les nouvelles, les images, terribles, insoutenables. Celles du port, et des rues de la ville, apocalyptiques. Et les vidéos de l'explosion. Regardées en boucle, regardées au ralenti, dix, quinze fois par jour.

Je pleure sans arrêt, comme un enfant de cinq ans. Je pense aux victimes, aux morts, aux blessés, mutilés, défigurés. À ceux qui ont perdu toute leur vie en perdant leur maison. Aux maisons, palais, hôpitaux détruits. À tous ces drames qui ont frappé simultanément tout le monde. Dans ma famille, ils ont tous leurs appartements détruits. Mes parents, mes sœurs, mon frère, mes tantes, mes cousins… Mais, j'ose à peine l'avouer, c'est la pulvérisation des silos du port qui m'affecte le plus.

Ils étaient pour moi le symbole le plus immuable de Beyrouth, à peine égratignés au long des quinze années de guerre, bien droits, bien blancs, je les trouvais, dans la lumière prodigieuse du port de Beyrouth, aussi majestueux que le Sannine enneigé qui les domine de loin. Aussi précieux que les colonnes de Baalbeck. Ils étaient nos pyramides d'Égypte. Avec le port comme écrin, ils étaient l'identité de la cité. Leur constance me rassurait, leur apparition me réconfortait, je voyais en eux le sanctuaire païen qui veille sur la ville. Les silos détruits, tout devenait possible, rien n'empêcherait plus Beyrouth de sombrer dans les ténèbres.

La Une du 5 août 2020…

La Une du 12 juillet 1982,
lors des bombardements israéliens de Beyrouth sous blocus.
C'est une malédiction, toujours en été…

1

Les sirènes du port de Beyrouth

La maison de ma grand-mère, rue Pasteur, offre une vue imprenable sur le port de Beyrouth, au niveau exact des silos, à quelques centaines de mètres seulement. J'ai passé dans cette maison la plupart des Noëls de mon enfance. Le sapin de Téta touchait les moulures du plafond, haut de sept mètres. Quant à la crèche, représentant la Judée tout entière, elle faisait au moins trois mètres carrés, avec un système archaïque, mais efficace, d'écoulement d'eau, symbolisant le Jourdain. Cet arbre et cette crèche étaient si merveilleux que de nombreux amis de la famille emmenaient leurs enfants les visiter la dernière semaine de décembre, comme on leur montre à Paris les vitrines des Galeries Lafayette.

Le 31 décembre à minuit, selon la tradition, les bateaux du port de Beyrouth faisaient tous rugir leurs sirènes en même temps afin de saluer la nouvelle année. Nous sortions sur le balcon pour ce moment magique. Le bruit était assourdissant et fantastique, l'annonce tonitruante d'un nouvel an plein de promesses. Et je faisais secrètement un vœu, toujours le même : Faites, mon Dieu, que la guerre se termine cette année.

Pendant les travaux de réparation de notre appartement, qui avait été touché par un obus incendiaire syrien lors des bombardements d'Achrafieh, en 1978, nous avons habité une année entière, mon frère et moi, dans cette grande demeure d'un autre temps, à quelques centaines de mètres seulement de la ligne de démarcation. Téta empilait deux ou trois matelas sous ses lustres en cristal de Baccarat, au cas où un obus trop proche les ferait chuter. Deux pièces, un petit salon et une salle de bains, orientés à l'ouest et dans la ligne de mire d'un franc-tireur, étaient condamnées. C'est dans cette maison que j'ai commencé, avec mon frère, une collection d'éclats d'obus. Nous allions les ramasser chaque lendemain de bombardement sur le petit toit plat auquel nous accédions en passant sous la charpente. J'associe encore aujourd'hui les éclats d'obus à l'odeur de la lessive, car sous la charpente séchait le linge les jours de pluie, sur des fils tendus entre les poutres. Au fil des années de conflit, la maison a essuyé son lot de tirs. Kalachnikovs, bazookas, obus de mortier et autres armes lourdes ont parfois troué des murs, brisé des vitres, des tuiles, et ont fait tomber les plâtres du plafond. À la fin de la guerre, la maison était amochée de partout, mais toujours debout.

De cette maison, il ne reste presque rien après l'explosion du 4 août. Les plafonds sont tombés, le toit s'est écroulé ainsi que certains murs, et surtout, surtout, la façade à trois arcades ouvragées, ses colonnes de marbre et son balcon avec vue sur les silos n'existent plus.

Les photos qui s'affichent sur mon téléphone me transpercent le cœur. Je fonds en larmes en pensant à ma grand-mère et sanglote pendant des heures, inconsolable.

Vision de cauchemar…

Minuit moins une ! Sortons sur le balcon écouter les sirènes du port !
Elles vont éloigner les démons de la ville pour la nouvelle année.

2

Les héros

Le premier visage apparaît sur mon téléphone. Une jeune femme belle, rayonnante. Elle passe la tête en souriant par le hublot d'un camion de pompiers. C'est la « *paramedic* », comme dit mon téléphone, de la brigade qui a été envoyée au port à 17 h 54 pour éteindre l'incendie du hangar n° 12. Elle s'appelle Sahar Fares, elle a vingt-sept ans, elle est morte sur le quai n° 9.

Ce visage fait le tour du monde, il devient en quelques minutes l'incarnation de la tragédie. Son corps sera identifié grâce à sa bague de fiançailles. Elle devait se marier l'été prochain. En arrivant au port, elle a envoyé à son fiancé une vidéo du hangar n° 12 en feu. Cette fameuse vidéo qui est le seul témoignage des derniers instants sur le lieu du drame. Il l'a appelée, et pendant qu'il lui demande de se mettre à l'abri, a lieu la première explosion. Trente secondes plus tard, la seconde.

Lors de ses funérailles, l'orchestre prévu pour leur mariage jouera une zaffé, l'air traditionnel qui ouvre la noce, et on fera danser son cercueil blanc. Juste avant, lors du dernier adieu à la caserne de Karantina, ses compagnons feront hurler les sirènes de tous les camions de pompiers en même temps, pour saluer, dans un sanglot assourdissant, « la fiancée de Beyrouth ».

سحر فارس

« Je suis brisé… la vie n'a plus de goût maintenant.
Que Dieu brûle le cœur de ceux qui m'ont privé de ton sourire et de ton affection.
Tu es mon âme et je t'aimerai jusqu'à ce que je sois réuni à nouveau avec toi…

… Cette rose, cette enfant, forte comme cent hommes, tuée comme ça :
qui peut m'expliquer… »

En même temps que ce sourire qui crève l'écran, les informations sur le déroulement du drame affluent rapidement et brisent le cœur. 2750 tonnes de nitrate d'ammonium étaient stockées dans le hangar n° 12 depuis 2013 ! Les autorités le savaient, même au sommet de l'État. Y compris Aoun (je n'arrive pas à dire le président de la République), mais cela, nous l'apprendrons plus tard. Un stock de feux d'artifice aurait été entreposé dans le même hangar. Tout aurait commencé par un mystérieux travail de soudure. L'incendie aurait débuté vers 17 h 50. En tout cas, c'est à 17 h 54 que le téléphone sonne dans la caserne de pompiers de Karantina. Une brigade est envoyée au port, composée de neuf pompiers et une secouriste. Ils sont sur place huit minutes plus tard. Ils ignorent ce que contient le hangar.

Une nouvelle photo s'affiche sur tous les téléphones. Trois hommes, deux pompiers et un homme en civil, essayent de forcer la porte 11 du hangar n° 12. La porte de l'enfer. C'est la dernière photo prise par Sahar et envoyée par WhatsApp à son fiancé quelques secondes avant l'explosion. Les neuf hommes avaient entre vingt et un et trente-sept ans. Leurs visages envahissent les téléphones des Libanais abasourdis par tant de malheur.

Derrière cette porte, l'enfer…

جو بوصعب

Joe Bou Saab et Ralph Mallahe étaient meilleurs amis depuis l'enfance.
Ils viennent de Aïn el Remmaneh.

رالف ملاحي

Ils s'étaient engagés ensemble chez les pompiers.
Ils avaient vingt-six et vingt-quatre ans.

جو نون

Joe Noun avait vingt-sept ans
et venait du village de Michmich.

رامي كعكي

Rami Kaaké avait une petite fille de quatre ans.
Il était le chef de la brigade.

Brigade des pompiers de Beyrouth.

Honneur, sacrifice, dévouement.

شربل كرم

شربل حتي   نجيب حتي

Nagib Hitti, Charbel Karam et Charbel Hitti.
Ces trois jeunes hommes de la même famille étaient inséparables.
Ils venaient de Qartaba, un village perché sur les sommets du mont Liban.
Karlin, la sœur de Charbel Hitti, avait épousé Charbel Karam.
Ils ont une petite fille de deux ans. Nagib Hitti était leur cousin.

مثال حوا

Mithal Hawa était fiancé lui aussi et projetait de se marier quelques mois plus tard. C'est à la toute dernière minute qu'il a proposé à un de ses compagnons de le remplacer dans cette mission.

ايلي خزامي

Elie Khouzami est le plus ancien dans la brigade, engagé depuis 2008.
Il devait aussi se marier bientôt.

3

« Un steamer pénètre dans la brume du port de Beyrouth »

Souvent, quand nous étions sur son balcon, ma grand-mère me racontait que dans les années 1920, la mer arrivait aux pieds de sa maison. Le port actuel, gagné sur la mer, n'était pas encore construit, et le port ottoman, un peu plus à l'ouest, consistait en un seul bassin et une digue. Alors je rêvais. Je rêvais au vieux port, aux steamers, aux mahonnes et aux caïques qui font la navette comme un ballet entre les quais et les navires. Aux hommes en tarbouche, aux robes longues des voyageuses, aux adieux déchirants, aux voyages tragiques. Je me faisais un roman.

Je ne le savais pas alors, mais le roman incroyable, il existait. C'est l'histoire d'Asmahan, née en 1917 sur un bateau, entre le port d'Izmir et le port de Beyrouth, et morte noyée dans le Nil. Son histoire, je la raconte dans un livre dont la toute première page s'ouvre sur un dessin du port de Beyrouth au début du XXe siècle. Les dix premiers mots du livre sont : « Un steamer pénètre dans la brume du port de Beyrouth. » Dans le même livre, je décris l'arrivée d'Oum Kalthoum au port de Beyrouth, en provenance d'Alexandrie, en 1923. Des barques étaient allées au-devant de son bateau avec des youyous, des rubans, des drapeaux et des fleurs. Un tapis rouge avait été déroulé pour son automobile des quais jusqu'à la porte du grand théâtre. Dans mes

Un dessin tiré de Ô nuit Ô mes yeux.

autres livres, ce sont d'autres épisodes de l'histoire du port que je raconte. Le sac de la zone franche par les phalangistes au tout début de la guerre, puis les incendies qu'ils ont déclenchés pour camoufler leurs méfaits... le départ des combattants palestiniens et de Yasser Arafat sur l'*Atlantis*, suite au blocus de Beyrouth pendant trois mois et au pilonnage de la ville... Quoi qu'il arrive, je tourne toujours autour du port de Beyrouth. Ce port, ses quais, ses silos, ses hangars, ses grues... mon amour, ma passion. Mon obsession depuis le 4 août.

Au XIXe siècle et au début du XXe, avec les débuts de la photographie, les visites de prestigieux navires étrangers donnaient souvent lieu à la publication de cartes postales commémorant l'événement. J'ai moi aussi photographié le port de Beyrouth. Une première fois dans les années 1980, je venais de recevoir une caméra pour Noël. J'étais très excitée de faire des photos en noir et blanc. Des marins avaient posé pour moi avec des chèvres et des boucs sur le pont d'un bateau, au pied des silos.

La seconde fois, c'était en 2010. Depuis quelques années déjà je rêvais de retourner à l'intérieur du port, mais c'était impossible d'y pénétrer sans autorisation. Alors que j'évoquais par hasard ce souhait devant un ami, il me dit qu'il possède, entre autres affaires, une société d'acconage dont il ne s'occupe pas directement, et me propose d'arranger pour moi une visite du port. Le jour venu, nous ne pouvons pas y aller avec sa voiture, qui n'a pas les autorisations nécessaires, il a demandé à un employé en charge de son bureau sur place de nous emmener dans la sienne.

Un dessin de Bye Bye Babylone.
Le port de Beyrouth avait été incendié en avril 1976,
après que sa fameuse zone franche eut été pillée.
Les silos n'avaient pas été égratignés.

Nous faisons le tour du port. Les photos sont interdites. Je me débrouille pour en prendre de l'intérieur de la voiture, sans me faire remarquer, sous le regard désapprobateur de l'employé qui ne veut pas d'ennuis. Je suis fascinée par les grues gigantesques et l'empilement de containers. Et par la vue incroyable sur Beyrouth. J'ai pris une centaine de photos que je ne me lasse pas de regarder depuis.

Les plus frappantes aujourd'hui, celles qui me font une boule au ventre, je les ai prises du quai n° 9, entre le silo et le hangar n° 12, ma caméra pointée vers Beyrouth.

Au centre de l'une d'entre elles, la villa de Lady Cochrane entourée d'ifs, et juste derrière elle, le haut de l'immeuble où se trouve l'appartement de mes parents. Si proches que ça me donne le vertige.

J'ai ressorti une des nombreuses cartes de Beyrouth conservées dans mon appartement à Paris. Elle est ouverte par terre depuis des semaines. Je mesure les distances. L'appartement de mes parents est à 825 mètres du quai n° 9.

Des marins avaient posé pour moi avec des chèvres et des boucs sur le pont d'un bateau, au pied des silos.

Mes photos du port, en 2010.

Cette photo, je l'avais prise de l'endroit même de l'explosion,
ma caméra pointée vers Beyrouth…
À gauche, le hangar n° 12, à droite, les silos.
On distingue, derrière le hangar, le haut de l'immeuble d'EDL
et, vers le milieu, l'église Saint-Antoine, rue Pasteur.

Une autre photo prise du pied des silos.

Là, si proche, la villa de Lady Cochrane et ses ifs centenaires.
Juste derrière, l'immeuble de mes parents.

4

Le sortilège des objets

Dans l'appartement de mes parents, il y avait des milliers de livres. Dans toutes les pièces, sur tous les murs, en piles par terre, puisqu'il n'y avait plus de place sur les étagères, sur les tables, dans des cartons. Ces livres sont le monde où j'ai grandi, et, hier encore, quand je retournais chez mes parents, je passais des heures à fouiller dans ces rayons interminables à la recherche de trésors. Après l'explosion, certains de ces livres ont été retrouvés à l'autre extrémité de la rue, quatre ou cinq immeubles plus loin. Le reste de l'appartement est aussi entièrement soufflé, comme tous les appartements du quartier.

Les photos de la dévastation sont très similaires dans un même périmètre. Baies vitrées sorties des murs, vitres en miettes, tableaux éjectés à plusieurs mètres de l'endroit où ils étaient accrochés, porte d'entrée arrachée, meubles retournés, et, partout, une horloge arrêtée à 18h07… dans la salle à manger de mes parents, les lourds battants du grand placard où est rangée la vaisselle ont volé à l'autre bout de la pièce. Vous imaginez l'état de la vaisselle ? Eh bien, il n'y a pas un verre fêlé, pas un qui n'ait bougé d'un seul demi-centimètre. Les coupes de champagne qui étaient soigneusement alignées en équilibre les unes sur les autres sont intactes. Un vase en opaline qui trône sur une table au milieu du salon n'a lui non plus pas bougé d'un iota, alors que les chaises et les fauteuils qui l'entouraient sont retournés et brisés à quelques mètres de là. Les effets de l'explosion sont incompréhensibles, répondent à un système mystérieux inverse à la logique. Les meubles de notre voisin du dessus ont été retrouvés à 150 mètres de l'immeuble… dans la direction du port ! Une sorte de maléfice semble avoir organisé les dégâts avec esprit et sophistication. Ma mère m'envoie quelques photos des choses telles qu'elle les a retrouvées.

Ces natures mortes surprenantes ne sont pas exceptionnelles. Je sais, pour avoir vu sur Instagram des dizaines de photos dans le même esprit, que dans chaque appartement de Beyrouth s'est manifesté le sortilège des objets. Parfois, oubliant une demi-seconde que ma ville est complètement détruite, j'arrive à sourire de ces assemblages aléatoires.

Dans les débris, plusieurs époques de l'Histoire du Liban.

Ce tableau de Beyrouth au XVIII*e siècle a été retrouvé à plusieurs mètres de l'endroit où il était accroché. Un fragment de peinture a été arraché juste au-dessus de l'emplacement du port. Il a la forme et la couleur de l'explosion. Le ciel avait déjà été troué par un éclat d'obus en 1978. Ma mère l'avait fait restaurer à la fin de la guerre.*

Il n'en va pas de même des portraits des victimes qui, bientôt, commencent à apparaître sur mon téléphone. Ils me déchirent le cœur. Mes larmes viennent très vite. Sur toutes les photos relayées, les visages affichent des sourires magnifiques.

Depuis les années 1970, mon père conserve, de manière obsessionnelle, journaux et magazines sur la guerre du Liban. Ce numéro de Time *de 1982, trouvé par ma mère par terre, dans la cuisine, ne provient pourtant pas de son stock, mon père ne lisant la presse qu'en arabe ou en français. Combien de dizaines de mètres a-t-il parcourues pour venir nous narguer ? De chez quel voisin qui, lui aussi, archive les désastres du Liban ?*

Les premières photos des victimes apparaissent sur les téléphones, sans noms et sans précisions. Juste des sourires magnifiques. Parfois avec des membres de leur famille…

Juste des sourires magnifiques…

… des regards heureux.

Puis, petit à petit, des noms apparaissent.
Delia Kedikian Papazian avait deux enfants.

Alexandra Najjar avait trois ans.
Elle est l'une des plus jeunes victimes de l'explosion.
Des photos de la petite fille avec ses parents dans les manifs
du mois d'octobre et des dessins d'artistes la représentant en ange
ou avec un drapeau vont emplir les téléphones.

Alı et Malak Ayoub sont morts ensemble.
Ils avaient un petit garçon et une petite fille.

Gaya Fodoulian avait vingt-neuf ans.
Elle est morte dans son appartement, à Achrafieh.

Jihad Saadé venait de renter d'Afrique, où il travaillait,
pour être avec sa petite fille pour sa séance de chimiothérapie.
Il est mort sous ses yeux, dans sa chambre à l'hôpital orthodoxe.

5

L'hôpital orthodoxe

Les premières minutes après l'explosion, les blessés et leurs familles se dirigent vers les hôpitaux les plus proches. L'hôpital Saint-Georges, plus connu à Beyrouth sous le nom de « moustachfa el Roum », « hôpital orthodoxe », est le plus important des environs. Il est situé sur la colline qui surplombe directement le port, à 750 mètres à vol d'oiseau du hangar n° 12. Les blessés parviennent tant bien que mal, à pied, à travers les décombres et débris qui jonchent les rues, aux portes de l'hôpital, mais l'hôpital est détruit. Pulvérisé. Les patients hospitalisés, les médecins, les soignants, tous blessés. Certains même morts. Le bilan sera de douze patients, deux visiteurs et quatre nurses tués. L'hôpital ne s'en sort pas mieux que les quartiers voisins. Toutes les vitres brisées, parois explosées, plafonds tombés, mais aussi le matériel fracassé. Les couveuses, les moniteurs... Les témoignages des soignants ont été recueillis dans une vidéo quelques semaines après l'explosion. C'est difficile de trouver récit plus proche du film d'horreur que celui de ces femmes et ces hommes mutilés, éborgnés, déchiquetés, bandés, recousus, assis face à la caméra. Tous décrivent le souffle de l'explosion comme quelque chose de monstrueux jamais éprouvé avant, tous ont cru voir leur mort. Tous sans exception ont pensé que l'explosion avait eu lieu dans l'hôpital même, voire dans leur propre service, et que leurs collègues des autres services allaient accourir à leur secours. Certains ont cru que c'était un bombardement, mais toujours précisément sur l'hôpital. C'est d'ailleurs un sentiment partagé par tous ceux qui étaient à Beyrouth ce jour-là. Chacun, où qu'il se soit trouvé dans un rayon de deux kilomètres autour du port, a pensé que l'explosion était dans sa propre rue, son propre immeuble. Une autre sensation éprouvée par tous ceux qui ont connu cette minute de cataclysme est la multiplication des perceptions différentes vécues simultanément. « Si toutes les caméras de l'hôpital étaient réunies et que chacun de nous donnait son témoignage, on ne pourrait quand même pas rendre compte de la somme de sensations contradictoires ressenties au moment de l'explosion. » « Nous sommes des médecins, nous savons supporter les situations tragiques, nous avons l'habitude des blessés graves, nous sommes entraînés à ça. Mais ce que nous avons vécu là n'est comparable à rien d'autre, c'est indescriptible, ça nous a brisés tous en même temps, et a détruit notre matériel. » « C'était une boucherie, un carnage dans les chambres des malades. » « Les équipements pointus ont été brisés, et même les pansements et désinfectants étaient inaccessibles à cause des gravats. Un homme avait le crâne fendu, le sang coulait partout, il était en train de mourir. J'ai pensé que je pouvais le sauver en stoppant l'hémorragie. J'étais blessée à la tête et au bras, je ne sais pas quelle force surhumaine m'a fait soulever des portes arrachées, enjamber des faux plafonds écroulés, écarter des cloisons tombées, pour accéder au placard des bandes de gaze et du fil. » « Nous avons intubé des blessés sur le sol des urgences et recousu d'autres sur le capot d'une voiture. » « Certaines personnes ont enlevé leur cravate pour bander des plaies. » « Les ascenseurs ne fonctionnaient plus. Nous avons évacué des patients du 9e étage par les escaliers, en les portant dans des draps, ou sur des pans de faux plafond, avec une torche dans la bouche parce qu'il n'y avait plus d'électricité. » « J'avais une douleur terrible au torse, et le visage couvert de sang. J'ai cru que j'allais mourir, que le bâtiment tout entier s'était écroulé sur moi. Je ne pouvais plus bouger. Un collègue de mon service m'a extrait de sous les gravats. Nous pensions que nos collègues des autres services allaient vite arriver. Nous n'avons pas imaginé une seconde qu'ils étaient dans le même état. Quand nous avons réussi à sortir de notre bâtiment, nous avons vu l'ampleur du désastre et l'afflux des blessés venus de la ville. J'avais deux côtes cassées et une blessure à la tête, je perdais mon sang, mais j'ai eu la force, mon téléphone en guise de torche dans la bouche,

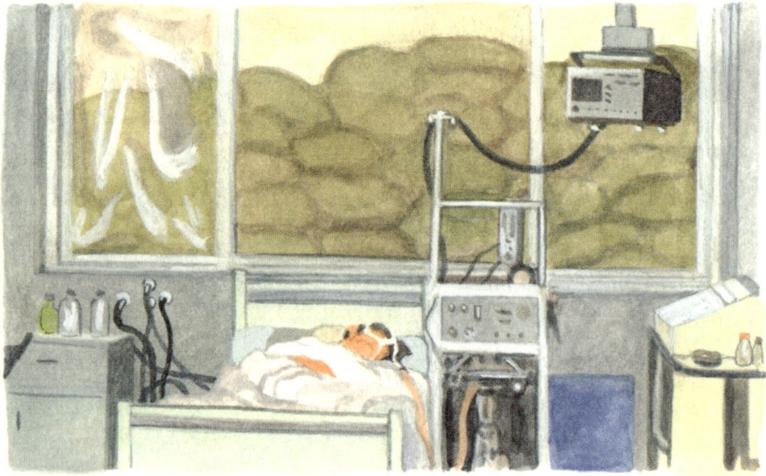

L'hôpital orthodoxe dans les années 1980.
Les soins continuent derrière les sacs de sable.

de recoudre en hâte plusieurs personnes sur le trottoir avant de m'évanouir à mon tour. »

C'est la première fois de son histoire que l'hôpital orthodoxe, le plus ancien de Beyrouth, doit s'arrêter. Lors des quinze années de guerre qui ont ravagé le Liban, il n'a pas cessé un seul jour de fonctionner, y compris lorsque des bombardements violents s'abattaient sur le quartier, touchant certains de ses bâtiments de plein fouet. Il était toujours aussitôt réparé à la première accalmie, souvent financé par l'URSS, soutien important des organismes grecs-orthodoxes au Proche-Orient. Je me souviens très bien de l'hôpital pendant la guerre, dans les années 1980. J'y suis allée à différentes occasions. C'est là que sont nées mes deux sœurs. Des sacs de sable étaient empilés à l'extérieur des fenêtres des chambres des patients ou des blocs opératoires, surtout les fenêtres orientées à l'ouest. Je me souviens qu'un jour, au petit matin, j'ai marché entre deux rangées de lits de malades, alignés à droite et à gauche dans les couloirs de l'hôpital, avant d'arriver au bureau du Dr Fayez Bitar. Ils avaient été sortis de leur chambre pendant la nuit, à cause d'un bombardement. Moi aussi j'avais passé la nuit dans un couloir, celui de notre appartement, à hurler en me tordant de douleur à cause d'un terrible mal au ventre, pendant qu'à l'extérieur les obus pleuvaient. Au premier cessez-le-feu, ma mère m'avait emmenée à l'hôpital, persuadée que j'avais une appendicite. Les blessés de la nuit continuaient d'affluer au son des ambulances. Après m'avoir auscultée, le Dr Bitar a dit à ma mère en souriant : « Elle n'a rien, elle a seulement eu très peur. » Et j'ai soudain eu aussi très honte.

Cette peur ne m'a toujours pas quittée.

Le 4 août, les blessés plus graves sont renvoyés vers d'autres hôpitaux. Mais les trois autres hôpitaux les plus proches sont aussi détruits que le Roum. L'hôpital de la Karantina est à 900 mètres du hangar n° 12. Il est pour ainsi dire situé dans le port même, dans la zone où on mettait en quarantaine, au XIXe siècle, les voyageurs malades qui arrivaient au port de Beyrouth. L'hôpital Geitawi, qui est sur la même colline que le Roum, est à 1 200 mètres du hangar. Quant à l'hôpital Wardieh, des sœurs du Rosaire, rue Pasteur, il jouxte la maison de ma grand-mère, et est donc à 650 mètres du hangar n° 12. Chacun aujourd'hui à Beyrouth connaît le nombre exact de mètres qui le séparaient des silos de blé de Beyrouth le 4 août 2020 à 18 h 07 précises.

Le bureau d'accueil de l'Hôtel-Dieu,
un des rares hôpitaux épargnés par l'explosion.

À l'hôpital orthodoxe,
un bébé est né à l'instant même du blast…

Cette photo prise par un photographe de presse a fait le tour du monde. La jeune nurse Pamela Zeinoun, après avoir réussi à s'extraire des décombres, sort trois prématurés de leurs couveuses cassées. L'entrée de la maternité comme l'issue de secours sont bloquées par les gravats, mais elle parvient à les emporter à l'extérieur, où elle découvre une scène d'horreur sur le parking, morts et blessés jonchant le sol. Elle décide de courir à l'hôpital le plus proche pour leur trouver une couveuse. Les bébés dans les bras, elle marche trois quarts d'heure. Les hôpitaux voisins sont détruits et ne peuvent l'accueillir. Arrivée à l'autoroute, elle arrête une voiture qui l'emmène jusqu'à une maternité de Zalka, au nord de Beyrouth. Les bébés sont sauvés. Sur cette photo, elle est dans la guérite d'accueil de l'hôpital orthodoxe, où, avant de partir, elle téléphone à sa mère pour lui dire qu'elle est vivante.

Médecins et infirmières se succèdent devant la caméra
pour apporter leurs témoignages…
« Ce que j'ai d'abord entendu, ressenti, c'est un tremblement de terre.
L'explosion monstrueuse n'est arrivée qu'après. »

Le témoignage du Dr Nadine Massaad :
« Nous sommes montés dans l'ambulance. Nous avons roulé à tombeau ouvert,
mais à la fois avec une lenteur effrayante, les rues étaient bouchées…
Je voyais le temps filer… Je m'occupais d'elle, mais devais aussi faire attention
aux autres blessés… mais surtout je me concentrais sur elle… une si petite fille,
et sa situation était très critique… j'étais encore dans un état d'effondrement
indescriptible… je lui ai donné des soins pendant tout le trajet…
son père était dévoré d'angoisse pour sa fille, mais en même temps il m'a aidée
à contacter mes parents pour les rassurer, leur dire que j'étais vivante…
il a pris mon téléphone et m'a demandé leur numéro – la jeune femme s'interrompt
quelques secondes avec des sanglots dans la voix – pour que je leur parle…
et moi je lui disais : ça ira, Alexandra va s'en sortir,
Alexandra, je vais tout faire pour la mener jusqu'à l'hôpital le plus proche… »

6

Lady Cochrane

Pour la légendaire « villa » de Lady Cochrane, aussi connue sous le nom de Palais Sursock, le nombre est 750. 750 mètres seulement séparent le plus beau palais de Beyrouth du hangar n° 12. 750 mètres sans aucun obstacle, absolument aucun, même modeste, à l'exception peut-être des branches de quelques ifs, palmiers, magnolias ou jacarandas du vaste jardin qui entoure la villa. Le souffle de l'explosion ne rencontre rien, sur son trajet entre le hangar et la villa, qui puisse l'atténuer même légèrement, le désastre est total. En mettant en pièces cette splendeur architecturale et artistique, l'explosion n'a pas seulement détruit le plus beau palais de Beyrouth et les œuvres d'art exceptionnelles qu'il abritait, mais aussi le symbole le plus glorieux de la résistance aux deux fléaux qui ont ravagé la ville au cours des décennies passées : la guerre et la spéculation immobilière. Celle qui en a fait cet emblème, par sa volonté et sa détermination, est Lady Yvonne Sursock Cochrane, héritière de l'une des familles grecques-orthodoxes les plus prestigieuses du Liban. Les Sursock avaient fui le sac de Constantinople en 1 453 et détenaient un véritable empire foncier, agricole et industriel en Égypte, en Palestine, en Syrie et au Liban où ils avaient choisi de s'installer, sur cette colline qui surplombe la mer. Fille d'Alfred Bey Sursock, qui fut consul général de l'Empire ottoman à Paris, et de Donna Maria Teresa Serra di Cassano, de la haute aristocratie napolitaine, Yvonne Sursock avait épousé un Lord irlandais.

Yvonne Sursock Cochrane
le jour de son anniversaire, en 2019.

Ayant refusé de quitter son palais pendant les quinze années de guerre, y compris lors des batailles les plus meurtrières, Lady Cochrane avait inlassablement réparé les dégâts causés par les divers combats qui l'avaient endommagé, et il avait fallu vingt ans de travaux supplémentaires pour en refaire le joyau qu'il avait été. Après la guerre, elle s'est farouchement opposée à la reconstruction de Beyrouth vue par Rafic Hariri, et a lutté contre la spéculation immobilière sauvage qui a défiguré la ville. Dans les années 1960 déjà, elle avait créé l'association pour la protection des sites et anciennes demeures, dont elle est restée longtemps la présidente. Elle dit de l'architecture des maisons libanaises qu'elle est unique par l'exquise légèreté de ses volumes. Le blast de l'explosion a balayé tout cela en une seconde. Une seule seconde qui a fait plus de dégâts que quinze ans de guerre. Statues de marbre italien, stucs, boiseries et vitraux de la maison Tarazi, tapis persans, tapisseries flamandes, tableaux de maîtres, portraits de famille, portail d'entrée napolitain, tapis noué de Smyrne, panneaux en cuir de Cordoue, lustres en cristal de Bohême, icônes russes, bustes de Palmyre, tout est en morceaux, en miettes, en lambeaux.

Mais le drame ne s'arrête pas là. Les pertes ne sont pas seulement matérielles ou symboliques. Yvonne Cochrane prenait le thé dans un salon qui surplombe le port de Beyrouth, le 4 août à 18 h 07. Le souffle de l'explosion l'a projetée à plusieurs mètres. Elle est morte des suites de ses blessures. Sa fille retirera la couronne envoyée par la présidence de la République et qui a été posée sur son cercueil.

Toujours le sortilège des objets…

À l'entrée du palais, le pilastre brisé avait été laissé là en souvenir des destructions de la guerre de 1975. Comment imaginer qu'il y aurait un jour bien pire ?

Portrait de Lady Cochrane sur la terrasse du palais, en 1951.
Le troisième bassin n'existait pas encore.

La vue aujourd'hui. Entre les ifs, les silos.
Derrière le photographe, le palais dévasté,
mais les vasques de la terrasse n'ont pas bougé.

Le palais est dans le même état que cette potiche chinoise.

Ces morceaux de porcelaine cassée ont été photographiés par Gregory Buchakjian, archiviste, depuis longtemps, des ruines de Beyrouth. Beaucoup de photos similaires vont être partagées dans ces semaines d'août.

7

Le troisième bassin

« C'est Henry qui a construit le port », me disait parfois ma grand-mère, sur son balcon, nostalgique. L'ancien port ottoman, construit par un français, le comte de Perthuis, se trouvait plus à l'ouest. Il était situé à l'emplacement même du port antique des époques phéniciennes et gréco-romaines. La célèbre école de droit fondée à Beyrouth accueillant des étudiants venus d'Arabie, de Perse mais aussi d'Europe, il avait fallu fortifier le port au IIe siècle. Cette école formait les plus grands juristes et l'on disait que « la paix ne couvrira le monde que lorsqu'il subira les lois de l'école de Beyrouth ». Au XIXe siècle, l'activité importante qui résulte de l'implantation dans la ville de l'université américaine et de l'université des jésuites amène les Ottomans à faire appel au comte pour l'aménagement du port, ainsi que pour la construction de la route Beyrouth-Damas. Il a ensuite été modernisé et doté d'un deuxième bassin dans les années 1930, sous le mandat français.

« C'est Henry qui a construit le port. » Par le port, ma grand-mère entendait toute la partie plus récente et plus vaste, qui date des années 1960. Par Henry, elle voulait dire le Conseil exécutif des grands projets, dont Henry était l'un des responsables les plus éminents. Henry était le mari de tante Marcelle, la sœur de ma grand-mère. Il est auréolé dans notre famille d'un prestige immense et entouré d'une affection particulière, qui ne sont pas uniquement dus à son assassinat, dès la première année de la guerre. Il était un personnage hors normes, brillant et libre.

Au milieu des années 1960, le président de la République, Fouad Chéhab, décide d'équiper le port de Beyrouth d'un troisième bassin. Soucieux de doter le Liban d'une infrastructure moderne et d'un urbanisme maîtrisé, il avait créé le Conseil exécutif des grands projets quelques années plus tôt, le confiant aux hommes les plus compétents dans leur domaine. Henry Naccache, l'un des premiers Libanais diplômé de l'École polytechnique de Paris et ingénieur des Mines, est l'un des plus hauts responsables de ce département. C'est sous sa direction qu'ont été exécutés les travaux de l'aéroport de Beyrouth, de l'Université libanaise, l'électrification des villages, le réseau de routes, le barrage du Litani, la Banque centrale et beaucoup d'autres ouvrages qui ont édifié le pays. Il a aussi proposé et obtenu du président que soit confié le projet de la Foire internationale de Tripoli à Oscar Niemeyer. (Quand il viendra passer un mois au Liban en 1962, ce dernier, qui avait peur de prendre l'avion, débarquera au port de Beyrouth.) L'un des grands chantiers auxquels il s'attelle en 1963 est donc la construction du troisième bassin du port de Beyrouth et de ses silos céréaliers. Un crédit de 60 millions de livres libanaises est accordé au projet. La tâche accomplie, Henry demande au président de la République une faveur : il a économisé 15 millions sur le budget qui avait été octroyé à la construction de ce bassin. Il voudrait avoir l'autorisation de les utiliser pour l'aménagement d'un yacht-club à Jounieh. Le petit yacht-club de Beyrouth était situé à l'emplacement où a été construit le troisième bassin, et il

La construction et la peinture des silos. Photo prise du deuxième bassin.

serait souhaitable, pour le prestige du Liban, que le pays soit doté d'un yacht-club à sa hauteur. Chéhab donne son accord.

Cette histoire de budget me laisse rêveuse. J'ai du mal, aujourd'hui, à imaginer qu'au Liban, un jour, il a existé des hommes qui n'ont pas tout mis en œuvre pour profiter de leur position dans l'État pour piller le pays et se remplir les poches. Cela semble inconcevable. Budget non volé, non détourné, budget même pas dépassé, budget même pas dépensé mais économisé pour d'autres projets d'infrastructure. Ces hommes-là (car sous le mandat de Fouad Chéhab, Henry n'était pas le seul) œuvraient pour faire du Liban une nation. Henry avait dû se battre, souvent, pour faire exécuter les travaux dont il avait la charge sans subir les pressions des traditionnels chefs politiques. Ceux qui voulaient faire modifier le tracé d'une autoroute pour qu'elle traverse leur village, ou le parcours d'une route pour qu'elle longe leur villa. Et ce ne sont que les exemples les plus anodins... Fouad Chéhab lui-même avait dû se battre tout au long de sa présidence contre les grands leaders féodaux pour imposer sa vision d'un Liban démocratique, rigoureux et social... Mais les choses vont changer... Au terme de son mandat, Fouad Chéhab refuse de faire amender la constitution pour se faire réélire. Six ans plus tard, après le mandat pathétique de son successeur, il est plébiscité pour se représenter à l'élection présidentielle. Il fait alors une déclaration devenue historique : il affirme que les nombreux contacts qu'il a établis et l'analyse qu'il a effectuée l'ont convaincu que les politiciens libanais – qu'en privé il appelait des « fromagistes » – n'étaient pas prêts à abandonner la politique traditionnelle féodale et l'économie des monopoles pour établir un État moderne et social. Il termine sa déclaration en annonçant qu'il ne se présentera donc pas à la présidentielle. Le Liban est désormais livré à ceux qui vont le mener à sa perte. Ce communiqué date du 4 août 1970. Cinquante ans jour pour jour avant le blast.

Assuré d'une majorité parlementaire pour son élection, le président Chéhab a fait diffuser un communiqué proclamant son refus d'être candidat. Il fait, en termes concis et sévères, le procès des mœurs politiques.

Soleiman Frangieh est élu président de la République à une voix, lors d'une séance de vote au Parlement qui s'est conclue sous la menace des armes. C'est le début du naufrage du Liban. Et le début des ennuis pour Henry, qui refuse d'aller féliciter le nouveau président. Ses amis insistent. Non seulement il n'y va pas, mais il le fait savoir, clamant dans les salons : « Je n'irai pas féliciter ce gangster. » Car Frangieh est un parrain, porté à la présidence par les principaux leaders féodaux de toutes les communautés libanaises, soucieux d'avoir un président qui stoppe les réformes de démocratisation commencées par Chéhab et prêt à maintenir le système féodal qui concentre le pouvoir entre les mêmes chefs de clans. Les pires ennemis politiques se sont tous mis d'accord pour une fois, ligués pour mener Frangieh au pouvoir. L'hostilité d'Henry parvient évidemment à ses oreilles.

Une douzaine d'années plus tôt, dans le village de Miziara, dans son fief du Liban Nord, dans une église, Soleiman Frangieh avait participé à une fusillade, contre une famille clanique rivale, faisant vingt et un morts. Sous mandat d'arrêt, il avait fui et s'était réfugié en Syrie, où il s'était lié d'amitié avec un jeune officier du nom de Hafez el-Assad. Gracié dix-huit mois plus tard, il est rentré au Liban. Le jour de l'élection, fin août 1970, il arrive au Parlement avec quelques centaines de partisans armés qui attendent place de l'Étoile. Selon Jonathan Randall, célèbre correspondant du *Washington Post*, la suite est un western : au troisième tour de scrutin, Frangieh devance le candidat chéhabiste d'une voix. Dehors, ses partisans tirent en l'air, pensant que leur candidat est élu. Le président du Parlement annonce qu'il faut procéder à un quatrième tour, puisque aucun des deux candidats n'a la majorité absolue. Frangieh, qui est armé, se précipite vers lui en hurlant : « Je ne me laisserai pas faire comme ça ! » Tandis que cinq de ses hommes, introduits dans l'enceinte de l'assemblée par un gendarme de leur bord, le tiennent en joue. Il n'y aura pas de quatrième tour, Frangieh est déclaré élu.

Un mois après l'investiture de Soleiman Frangieh, Henry est accusé par le nouveau Premier ministre, Saëb Salam, de corruption, de détournement des fonds destinés à l'un des chantiers dont il a la charge, et il est viré des grands projets. Saëb Salam,

Le président Fouad Chéhab.

leader d'une grande famille féodale de Beyrouth, est un adversaire de longue date du président Chéhab et un ennemi intime de son propre frère Malek Salam, alors président du Conseil exécutif des grands projets et lui aussi visé par cette accusation de corruption, en réalité vendetta familiale et politique. Les accusations sont infondées, et aucune preuve n'est avancée. Malek Salam et Henry Naccache intentent un procès qui les exonérera des fausses charges portées contre eux. En attendant, tous deux sont écartés du Conseil. Henry aura de nombreuses offres de postes prestigieux dans le privé, dans le secteur bancaire. Il les refusera toutes pour se plonger dans des études de biologie : « Je ne suis pas sur Terre pour faire de l'argent ! » Au bout de quelques années, son *Essai sur les lois dynamiques d'évolution*, à partir d'une modélisation mathématique, était sur le point d'être publié quand la guerre a éclaté.

Les premiers mois de la guerre, étant très francophile, il songe à s'installer en France. Il y passe du temps à l'automne 1975 avec tante Marcelle mais décide très vite que son pays, le pays qu'il aime, c'est le Liban, que sa place est à l'immeuble Kara, rue Zarif, et ils rentrent à Beyrouth. Fidèle à son attachement à un Liban multiconfessionnel, il refuse de quitter son quartier à majorité musulmane pour s'installer dans le « ghetto chrétien ». Quand l'école secondaire publique de Zarif peine à assurer les

Henry Naccache à son bureau du CEGP (Conseil exécutif des grands projets).

cours en 1976, Henry se porte volontaire comme professeur de chimie. Il y donnera quelques cours avant son assassinat. Il aurait été tué par des « éléments incontrôlés » à un « barrage volant ». C'était l'époque où, dans les deux camps, on liquidait aléatoirement les citoyens selon leur religion, marquée sur la carte d'identité. C'est ce que j'ai toujours cru pour Henry.

Henry au début des années 1970.
Cette photo, je l'ai toujours connue dans un cadre chez tante Marcelle, à Maad, dans la petite maison où elle a passé le reste de la guerre.

Aujourd'hui, soudain, je ne peux m'empêcher de voir les choses autrement. La violence de l'explosion du 4 août a ébranlé toutes mes certitudes et jeté un nouvel éclairage, éblouissant, sur notre passé. Henry aurait été tué aléatoirement ? Aléatoirement, un homme comme lui ? Ce serait aléatoirement que le Liban s'est vidé de ses hommes de grande valeur, laissant le champ libre aux incompétents et aux crapules ? C'est le hasard qui aurait allégé le pays de ces hommes-là ? Tués, ou poussés à l'exil ou à la peur et au silence. Le hasard ? Le sort, le destin, la fatalité ? C'est peut-être vrai, ou pas. Et même si c'est vrai, en réalité c'est faux.

C'est ce processus flou et insidieux amorcé en 1970, par une poignée d'hommes sans vision et sans scrupules, acharnés à préserver leurs privilèges, leur pouvoir et leur argent, en plaçant à la tête de l'État un parrain, incarnation du féodalisme et de la corruption, qui a mené, jour après jour, après jour, après jour, le Liban aux portes de l'enfer. Plusieurs fois aux portes de l'enfer, puisque après quinze années de guerre ce mécanisme qui consiste à écarter, à tous les échelons, les personnes les plus compétentes et les plus intègres, les gêneurs, au profit des incapables corrompus est encore le même aujourd'hui. Cette explosion, la plus monstrueuse qu'on puisse imaginer, qui a détruit le troisième bassin construit par Henry, et Beyrouth, et les Libanais, est un héritage des vautours des années 1970 : Camille Chamoun, Kamal Joumblat, Saeb Salam, Pierre Gemayel, Kamel el-Assaad, Rachid Karamé et beaucoup d'autres. Certains noms sont les mêmes que ceux de nos scélérats actuels.

Je viens d'apprendre une nouvelle qui me donne la chair de poule. Quand s'arrêtera la malédiction ? Dix mots s'affichent sur mon téléphone : « Soleiman Frangieh est candidat à la présidence de la République. » Il s'agit du petit-fils de Soleiman Frangieh, le président élu en 1970.

La dernière seconde du monde d'avant…

Henry sur le terrain où sera construit à la fin des années 1940 l'aéroport de Beyrouth, un autre grand projet qu'il a mené.

Jessica Kahwaji Daoud, infirmière,
est morte au neuvième étage de l'hôpital orthodoxe.
Elle avait deux enfants.

Lina Abou Hamdan, une autre infirmière morte à l'hôpital orthodoxe.

La jeune infirmière Jessica Bezdjian,
morte à l'hôpital orthodoxe.

Amer Hussein, marin syrien,
travaillait sur un bateau au moment de l'explosion.
Il avait vingt-cinq ans et était fiancé.

Amin Zahed, a été retrouvé en mer trente heures après l'explosion.
Il était père de deux enfants.

Mireille Germanos, une autre infirmière morte à l'hôpital orthodoxe.

8

Les amis de ma sœur

Il est une heure du matin, mon téléphone sonne. C'est ma sœur, elle m'appelle du Liban. Une heure du matin, c'est-à-dire deux heures à Beyrouth. Mon cœur fait un bond. Je ne sens plus mes jambes sous moi. Les appels téléphoniques tardifs qui viennent du Liban, depuis de longues années déjà, me font peur, je redoute toujours, juste avant de décrocher, l'annonce d'une mauvaise nouvelle. Depuis le 4 août, c'est encore pire. J'ai déjà parlé à ma sœur deux fois aujourd'hui... Je m'attends à une catastrophe. Mais ma sœur veut seulement bavarder, elle sait que je me couche très tard, ne pense pas me déranger. Elle revient d'un dîner chez des amis d'amis, qui habitent dans la région où nous avons notre maison de famille et où elle est réfugiée. C'est la première fois qu'elle sort depuis l'explosion, il y a plus d'un mois et demi. Elle avait besoin de se changer les idées. Depuis le 4 août, elle fait des cauchemars toutes les nuits. Plus ou moins le même cauchemar. Elle rêve que la maison s'écroule sur elle, se lève, sort de sa chambre et se met à courir avant de se rendre compte que la maison ne s'écroule pas du tout. Suffocante et ruisselante, elle reprend ses esprits, va s'asperger le visage d'eau dans la salle de bains puis retourne se coucher. Et elle poursuit son cauchemar là où elle l'avait laissé. Ainsi de suite, nuit après nuit.

Elle me raconte son dîner. Elle ne s'est pas changé les idées. « J'ai dîné chez Nidale et Ghassan... Deux amis que je connais à peine. Ils m'ont proposé de passer parce qu'une de nos amies communes s'est réfugiée chez eux pour quelques jours. Leur meilleur ami, Chant, est mort dans l'explosion.

Ce jour-là, Nidale était en haute montagne, à environ cinquante kilomètres de Beyrouth, avec la femme de Chant, Nairy, quand elles ont entendu l'explosion. La déflagration était tellement forte qu'elles ont cru que c'était à Faraya, la station de ski voisine. Nairy envoie immédiatement un message à son mari pour le rassurer, pour lui dire qu'elle et les enfants vont bien. Quand les deux femmes comprennent ce qui s'est réellement passé, sa femme essaye de joindre Chant mais n'y arrive pas.

Deux autres mecs du même groupe arrivent au dîner. Julien et Ronald. Ronald habite Skyline, l'immeuble de Bernard Khoury. Il vit en Arabie, sa femme, Charly, est encore ici. Ils venaient de se marier, juste avant le Coronavirus, et se sont retrouvés bloqués chacun dans un pays. Charly a filmé l'incendie de sa fenêtre et a envoyé la vidéo à Ronald et à Julien. Julien, qui habite Sama Beirut, a ouvert sa fenêtre pour filmer lui aussi. Du coup, au moment de l'explosion, le souffle n'a pas pulvérisé la vitre sur lui. Il a seulement été projeté à plusieurs mètres. Il n'a pas été blessé. Charly a sauvé Julien…

Ronald, d'Arabie, entend l'explosion dans son téléphone alors qu'il disait à Charly de s'éloigner de la fenêtre. Il essaie de la rappeler sans résultat. À un moment elle décroche mais ne parle pas, c'est probablement son Apple Watch qui s'est déclenchée toute seule. Ronald appelle son père, qui habite Hazmieh, et lui dit : “Je crois que Charly est morte. Va voir ce qui se passe.” Puis il appelle Julien, que Nairy a appelé aussi pour qu’il aille voir son mari. Il lui dit : “Quand tu as fini avec Chant, va voir Charly.” Il ne voulait pas lui demander de prioriser Charly over Chant. Julien prend sa moto et se dirige vers Gemmayzeh comme un fou. Spectacle apocalyptique. Il roule sur un tapis de verre qui crisse à travers les rues jonchées de morts et de blessés. Le père de Ronald approche autant qu’il peut du Skyline en voiture puis l’abandonne et se met à marcher.

Julien va dans l’immeuble East Village chercher Chant. Il ne le trouve pas chez lui. Il vérifie que sa voiture est dans le parking. Il se dit qu’il a dû partir à pied ou que quelqu’un l’a emmené. Il passe devant l’appartement de Jean-Marc, jette un coup d’œil rapide par la porte fracassée, ne voit personne et continue sa route pour aller chez Charly. Plus tard il culpabilisera, parce qu’il aurait peut-être sauvé Jean-Marc s’il était entré.

Il court chez Charly. Le père de Ronald est dans l’appartement. Il lui dit qu’elle n’est pas là. En fait, elle était sous les décombres, à leurs pieds, bras cassés, ventre ouvert, le foie presque sorti. Avec l’aide d’un voisin costaud, ils l’emballent dans un rideau et la posent sur une sorte de fauteuil pour pouvoir la porter, et descendent les escaliers. Ils essayent de la mettre sur la moto mais ne peuvent pas la tenir ou l’attacher parce qu’elle est toute cassée. Ils la portent et courent jusqu’à l’autoroute où ils tentent d’arrêter une des nombreuses ambulances qui passent. Deux ambulances s'arrêtent, mais n'ont pas de place. Il y a dans chacune six ou sept blessés. Ils arrêtent une vieille Honda qui les charge. Conscients qu'il serait difficile de trouver un hôpital à Beyrouth, ils foncent vers Zalka. Entre-temps, Ronald essaye de réserver une chambre à l'hôpital depuis l'Arabie… Comme si on pouvait encore réserver quoi que ce soit…

À l'hôpital de Zalka, les blessés jonchent le sol. Un infirmier en pleurs leur dit que s'ils veulent avoir une chance de la sauver, il faut qu'ils trouvent un autre hôpital. Le chauffeur de la Honda pense à l'hôpital Bellevue, où il connaît quelqu'un. Ils font demi-tour et tracent sur l'autoroute à contresens, vers Mansourieh.

Ils arrivent à l'hôpital Bellevue. Les médecins la mettent en soins intensifs. Elle a les deux bras cassés d'une fracture compliquée qui nécessite des broches externes rarement disponibles. Heureusement qu'ils les avaient. Sinon c'était l'amputation. Le foie, c'était aussi à quelques minutes près. Un seul vaisseau n'avait pas été coupé. Un œil est blessé.

Entre-temps, Julien est retourné chercher Chant avec Ghassan. Ils le trouvent sur le toit de l'immeuble où il était monté pour filmer l'incendie, avec le concierge et un ami, Ray. Ray s'en est sorti et est descendu en panique chez lui pour voir sa femme et ses enfants. Les enfants sont O.K., sa femme très blessée. Le visage complètement ouvert et une fontaine de sang. Il l'a sortie avec l'aide d'un ami, Max. Une voiture s'est arrêtée et les a emmenés à l'Hôtel-Dieu. Les enfants ont tout vu et sont traumatisés. Le concierge est mort.

Julien et Ghassan trouvent Chant. Il est gros mais ils réussissent à le descendre. Ils l'emmènent à l'hôpital. Je sais pas comment ils parviennent jusqu'à l'Hôtel-Dieu. Les médccins essayent de le ranimer mais n'y arrivent pas. Comme dans les films, ils annoncent l'heure de la mort devant les deux amis et inscrivent son nom sur un post-it. Ils se trompent, parce que le nom est compliqué, en arménien… Il n'y a plus de brancardiers disponibles. Ghassan se retrouve à pousser son pote sur un chariot jusqu'à la morgue et Julien retourne à Bellevue voir Charly. Il n'y a plus de place à la morgue, les cadavres sont alignés par terre avec des post-it.

Le téléphone de Chant a continué de filmer après le blast. On entend sa voix sur la vidéo pendant quelques secondes, puis plus de batterie… »

Charly passe des semaines à l'hôpital et subit plusieurs opérations, puis sort finalement. Elle ne peut pas du tout bouger les bras mais commence des séances de physiothérapie. Elle n'a toujours pas retrouvé la vue d'un œil. Plusieurs mois après, elle continue de trouver de minuscules bouts de verre dans ses cheveux, ses oreilles… Elle demande tous les jours des nouvelles de sa voisine de chambre. On lui dit qu'elle s'en est sortie et va bien, alors que personne n'en sait rien…

Les enfants de Chant demandent à leur mère : « Tu crois que papa mange bien, là où il est ? »

Nairy n'arrive pas à accepter que son mari soit vu comme une victime, lui qui restera un héros à ses yeux, et aux yeux de ses enfants.

Une nouvelle photo de la brigade des pompiers fait le tour des téléphones.
On dit qu'elle a été prise en route vers le port.

Asmahan Sarrouf Abou Rjeily était dans sa maison de Gemmayzeh avec son mari et sa fille au moment de l'explosion. Son mari et la petite de 6 ans ont été blessés mais ont survécu.

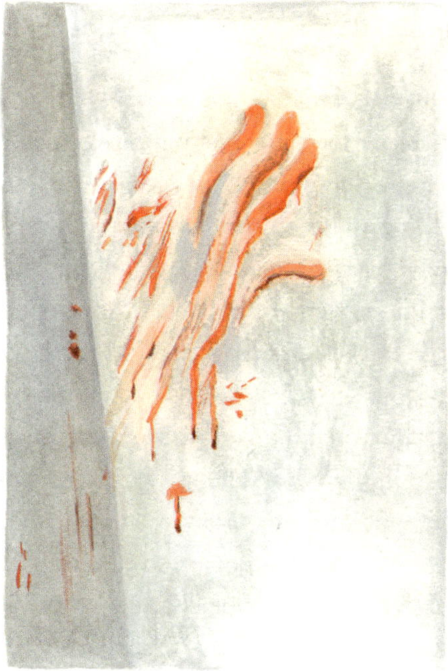

Un nouveau type de photos apparaît sur Instagram :
des traces de sang sur des murs.

9

Culpabilité

En raccrochant le téléphone, je culpabilise. Je m'en veux de ne pas être retournée à Beyrouth juste après le 4 août, pour soutenir, épauler, entourer ceux qui sont là-bas, meurtris et traumatisés. Ma famille, mes parents, mes sœurs, mon frère, mes neveux, mes cousins, mais pas seulement eux. Mon pays. Je connais bien, pourtant, le terrible sentiment collectif d'abandon qu'ils doivent éprouver, pour l'avoir moi-même – et tous les Libanais – vécu lors de la guerre du Liban. Je me souviens de mon père furieux devant l'écran de télévision, quand on arrivait à capter la télévision française pour voir le journal de 20 heures et que le journal commençait par l'annonce de la tragédie de la cheville foulée de Giresse ou de l'élimination de Noah en quart de Roland-Garros, alors que nous avions passé notre troisième nuit consécutive dans un abri. « *Fazi3in* ! ils sont incroyables [les journalistes] ! Beyrouth brûle, on est massacrés comme des rats, et le monde ne s'occupe que de sport. » Aujourd'hui, les Libanais encore sur place craignent que, le premier émoi mondial passé, les premiers soutiens humanitaires assurés, le sort du Liban n'intéresse plus personne ou presque. Le départ massif des Libanais qui en ont la possibilité aggrave ce sentiment d'isolement. « On se retrouve seuls, me dit ma sœur, tous nos amis partent à l'étranger, les amis de nos enfants aussi. » Et je culpabilise. J'avais prévu d'aller passer un mois à Beyrouth en septembre, et j'ai annulé. J'ai annulé parce que j'ai PEUR. Ne pas profiter comme d'habitude de la vie facile au Liban, de la vie nocturne, des plages, des restaurants, tout ça m'est bien égal. Beyrouth plongée dans le noir, Beyrouth lugubre, Beyrouth détruite, je peux parfaitement le supporter, je connais bien Beyrouth comme ça. J'aime Beyrouth comme ça. La vie difficile, les privations, pas d'électricité ni d'eau, je peux recommencer sans problème. Ce que je ne veux plus du tout revivre, c'est la peur. Je n'en suis plus capable. La peur de mourir. Je suis vraiment trouillarde, il n'y a rien à faire... En réalité, ce sont les retours eux-mêmes que je crains, le voyage vers Beyrouth en soi. Le trajet de Paris à Beyrouth est au-dessus de mes forces. J'ai trop de souvenirs...

En 1989, je suis étudiante à Paris depuis deux ans. Aux vacances scolaires, c'est-à-dire à la Toussaint, à Noël, en février, à Pâques et en été, je retourne au Liban en guerre. Aujourd'hui, cela me semble insensé. À l'époque, j'avais l'impression que c'était parfaitement normal de revenir dans mon pays et ma famille dès qu'aucune autre obligation ne me retenait à l'étranger. Ce sentiment devait être largement inspiré par mes parents, qui n'ont jamais voulu quitter le Liban, même dans les pires moments.

Le 5 ou 6 août 1989, je prends l'avion de Paris à Chypre, puis un ferry-boat, le *Santa Maria*, jusqu'au port de Jounieh, de nuit. Depuis quelques semaines, la situation au Liban s'est embrasée. Pilonnages sauvages de nombreuses régions et des quartiers résidentiels de Beyrouth, accrochages violents sur plusieurs fronts... Et les gens qui fuient par mer, par dizaines de milliers, tandis que l'aéroport est fermé. En arrivant dans les eaux territoriales, le bateau éteint toutes ses lumières, pour ne pas être repéré. On s'enfonce dans la nuit noire. Dans la mer noire. Puis la côte libanaise apparaît au loin, obscure. Les montagnes. Puis on distingue les bombardements. Des traits de lumière rapides, des explosions. Je suis terrifiée à l'idée de ce qui nous attend. On me dit de ne pas m'inquiéter, que les bombardements visent le littoral entre Beyrouth et Jounieh, mais qu'à Jounieh, ça ira. On accoste. On débarque en hâte. Tout à coup, commence le pilonnage du port de Jounieh par l'artillerie syrienne. Le ferry s'éloigne précipitamment, sans avoir le temps de décharger les bagages, mais ayant embarqué les passagers en partance pour Chypre. Le bâtiment du port de pêche, où nous nous réfugions, est de plain-pied, d'un seul étage. Pas rassurant du tout. On nous dit de nous mettre à plat ventre avec les mains sur la tête. Je me souviens avoir trouvé ça ridicule, mais je me jette au sol tremblante. Je suis terrorisée. Dans mon souvenir, le bombardement dure environ dix minutes. C'était peut-être beaucoup plus court, mais ça m'a paru interminable. J'ai vraiment cru que j'allais mourir. Quand ça s'arrête, on sort en catastrophe du bâtiment du port, je retrouve mon père, qui m'attend dehors abrité sous une sorte de préau, et on fonce en un temps record à la montagne où ma mère est morte d'inquiétude. Le lendemain, nous apprenons par la radio que deux petites filles, deux sœurs, sont mortes noyées dans la baie de Jounieh, sous les bombes, sous les yeux de leurs parents. Ils faisaient partie des passagers qui prenaient le ferry dans l'autre sens, pour fuir l'enfer du Liban. Cette nuit-là, des dizaines d'autres personnes sont mortes à travers le pays. Une nuit funèbre. Une des meilleures

Le lendemain de mon retour,
la Une de L'Orient-Le Jour.

Aux funérailles de leurs deux petites filles.

amies de ma mère, Mouna, meurt dans sa maison magnifique à Beyrouth, qu'elle refusait de quitter. Cette nouvelle atroce qui frappe quelqu'un que je connais si bien finit de m'ébranler.

Les autorités du port de Jounieh me contactent deux jours plus tard : ma valise, tombée à la mer le soir du retour, comme plusieurs des passagers du Jounieh-Chypre, comme les petites Ruba et Maya, a été repêchée. Je n'y pensais vraiment plus, je ne pensais qu'une chose depuis cette nuit-là : « Je suis en vie. » Elle était remplie d'une réserve de romans, en prévision des longues journées à occuper sans sortir de la maison. Les livres, gorgés d'eau, ont quintuplé de volume. Je les ai séchés au soleil. Aujourd'hui, je les sors parfois de ma bibliothèque pour les lécher, ils ont le goût de sel.

Le 15 août 2012, je suis sur un vol Air France Paris-Beyrouth avec mes deux enfants. Je suis un peu tendue, comme d'habitude, alors qu'il n'y a cette année-là aucune raison de l'être. Un quart de Lexomil me fait passer les quatre heures de vol, que je suis attentivement sur l'écran devant moi. Peu avant d'arriver au niveau des côtes libanaises, je me réjouis déjà, nous sommes placés sur le côté gauche de l'avion et allons pouvoir profiter du survol de la côte de Beyrouth, une vision qui me transporte de joie. Mais, sur mon écran, l'avion s'enfonce vers l'intérieur du Liban au lieu de longer le littoral et se diriger vers l'aéroport. Je suis interloquée et soudain très inquiète. Mes enfants râlent : « Arrête de nous filer tes angoisses. » Mais je sais que ce n'est pas normal, on survole maintenant la Bekaa. Tout le monde somnole dans l'avion, ou regarde un film. Les lumières n'ont pas été rallumées depuis des heures. Je demande à une hôtesse qui passe dans l'allée où nous allons. Elle fond en larmes et me répond : « À Amman, Madame. » Cela alerte les autres passagers, les questions fusent, mais l'hôtesse part précipitamment en disant qu'elle ne sait rien de plus. Nous prenons alors conscience que le pilote n'a fait aucune annonce depuis plus d'une heure. C'est la panique. Le mot Amman est tellement associé dans mon esprit à détournement d'avions, à cause de Septembre noir, que je vois déjà le pire s'annoncer. Sur mon écran, nous sommes tout à coup au-dessus de Damas. Puis nous faisons des tours au-dessus de Damas. Nous n'allons pas du tout à Amman. Finalement, le capitaine annonce que nous allons atterrir, sans plus d'explications. En 2012, nous sommes déjà en pleine guerre syrienne. C'est l'affolement dans la cabine. Les dents de ma fille claquent d'une façon que je n'avais vue que dans les dessins animés. Elle est terrorisée. Je lui donne un Lexomil entier. Nous atterrissons tous feux éteints. Sur une piste éteinte. À peine au sol, le capitaine nous demande de baisser le store de nos hublots, mais nous avons le temps, juste avant, de voir des hommes en armes et des véhicules militaires entourer l'avion, artillerie pointée sur nous. Mon fils sort son téléphone et appelle son père. Il lui dit que nous avons atterri à Damas. « Je voulais te dire que je t'aime, papa. » Nous sommes tous persuadés d'être pris en otages et que nous n'allons peut-être pas nous en sortir vivants. Certains pleurent, d'autres prient. Nous apprenons que l'ambassadeur de France ainsi que trois députés libanais sont en première classe. Puis, environ une heure de peur plus tard, enfin nous repartons. Nous allons passer la nuit à Chypre avant de repartir à Beyrouth le lendemain.

Nous n'avons jamais su ce qui s'était réellement passé. La version officielle : des troubles imaginaires sur la route de l'aéroport, à Beyrouth, et Air France décide qu'il est plus prudent de ne pas y atterrir, mais d'aller plutôt à Amman (sachant que l'aéroport de Larnaca, à Chypre, est plus proche). En route, le capitaine s'aperçoit qu'il n'a pas assez d'essence pour aller à Amman. Il décide d'atterrir à Damas, quoi de plus naturel ? Dans la même demi-heure, un autre avion d'Air France en provenance de Nice et un avion de la British Airways atterrissaient, eux, à Beyrouth, sans sembler se soucier de ce qui ne se passait pas sur la route de l'aéroport. La version officielle ne convainc personne. Mais le résultat est le même, c'est la peur qui reste. La peur que mon prochain retour au Liban se passe mal…

Je retourne à mon téléphone : moi qui n'ai jamais été sur les réseaux sociaux, je vis sur Instagram depuis un an, depuis octobre 2019. Quelle horrible nouvelle va encore me tordre le ventre ? Quel visage va me briser le cœur ? Certains clichés sont repostés sans relâche. La douleur collective des Libanais passe par ces images que tout le monde a vues cent fois, et qui, même la centième fois, arrachent des larmes. Les photos de leurs sourires, ou de leurs funérailles.

Elias Khoury, quinze ans. Et ce sourire…

Porté par ses camarades de collège.
Les Libanais sont bouleversés par tant de malheur.

Les Libanais n'en peuvent plus, ils sont rompus, angoissés, désespérés.
Même ceux qui n'ont pas perdu un proche ou leur maison...

… n'ont plus assez de larmes.

Un selfie de Sahar devient iconique.

Une vidéo de Marine Najem, une autre victime de l'explosion,
a été filmée par sa petite-fille quelques mois plus tôt. On y voit la grand-mère,
très chic, chanter joyeusement « Thawra, Thawra » tandis que ses petits-enfants
se préparent à aller manifester place des Martyrs.

10

Sacy et Noun

Les jours passent, mais la douleur, l'angoisse, le désespoir, ne passent pas. Chaque jour, les nouvelles sont pires que celles de la veille, l'étendue du désastre n'en finit pas de se révéler à nous. Sur nos écrans de téléphone, de terribles histoires personnelles du 4 août sont relayées dans les moindres détails, elles nous déchirent le cœur. De nouvelles photos de bâtiments détruits me font enrager, de personnes défigurées ou mutilées me font pleurer. Un reportage au cœur des hôpitaux de Beyrouth me bouleverse. Les images sont terribles.

Celles de l'explosion vue de l'intérieur, par les caméras de surveillance, donnent une idée de l'apocalypse qu'ont vécue les soignants et les malades. C'est au-delà des mots. Les images des destructions, des montagnes de gravats, des parterres de débris, des façades écroulées, des plafonds effondrés, le matériel de pointe devenu de la ferraille. Il y a aussi les images des enfants du service d'oncologie pédiatrique de l'hôpital orthodoxe. Ce service, au 9e étage de l'hôpital, avec vue panoramique sur le port, a été soufflé avec une violence extraordinaire. Les enfants qui s'y trouvaient le 4 août à 18 h 07, en plus du traumatisme de leur cancer et de leur chimiothérapie, doivent supporter celui de l'explosion et soigner des blessures physiques graves. Cette petite fille dans les bras de sa mère n'a pas été blessée, par miracle. Elle était heureuse d'avoir son père avec elle ce jour-là pour sa chimio, il était rentré d'Afrique, où il travaille, exprès pour être à ses côtés. Il est mort sous ses yeux, dans sa chambre d'hôpital, à 18h08 ce mardi-là. D'autres images sont terribles. Ces papillons, arbres en fleur, oiseaux, fruits, nuages, champignons rouges à pois blancs surgissant gaiement des vestiges de l'hôpital de Karantina, ce service qui abritait six unités de soins intensifs néonatals ouverts gratuitement aux plus démunis et qui n'est plus qu'un champ de ruines. Contrairement au service de l'hôpital orthodoxe, c'était un rez-de-chaussée uniquement, qui est désormais à ciel ouvert…

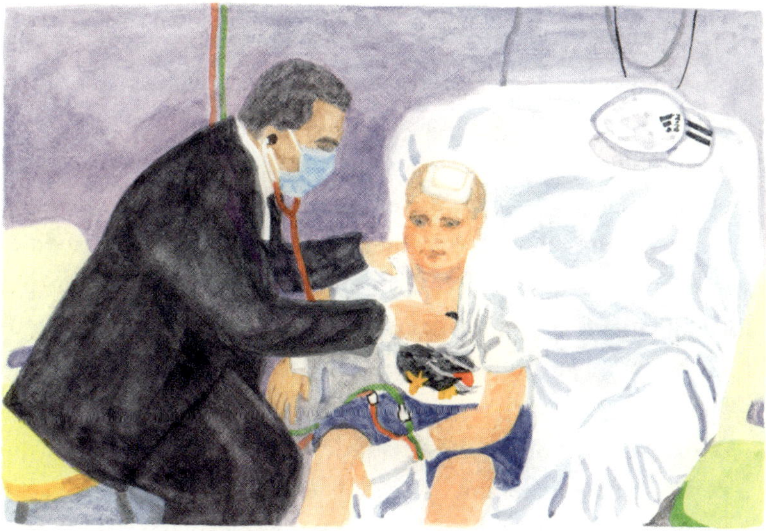

Le Dr Noun visite un de ses petits patients en chimiothérapie à l'hôpital orthodoxe, placé dans un hôpital de Jbeil depuis le 4 août. Le petit garçon a été blessé à la tête.

Mais bien pire que les images sont les témoignages. Celui de Peter Noun, médecin du service d'oncologie pédiatrique de l'hôpital orthodoxe. Et celui de Robert Sacy, que je connais bien car il avait été occasionnellement le pédiatre de ma plus jeune sœur pendant la guerre et est aujourd'hui encore le pédiatre de mes neveux. C'est lui qui a créé, grâce à des dons privés et une volonté farouche de servir ceux qui sont abandonnés de tous, le service de pédiatrie de l'hôpital de Karantina. Ouvert quatre ans plus tôt pour pallier l'absence totale de l'État, il était devenu le seul espoir, le seul refuge des misérables, libanais ou réfugiés. Des bébés trouvés dans les ordures lui sont régulièrement amenés…

Les deux médecins, chacun dans son hôpital, racontent l'explosion, énumèrent les dégâts et parlent de leurs malades devant la caméra. Chacun, à un moment donné de son témoignage, a la voix étranglée par les larmes et ne peut poursuivre ce qu'il est en train de dire. « Ça me donne envie de pleurer », dit le Dr Sacy en laissant couler ses larmes devant les ruines. Cela me bouleverse beaucoup de voir ces deux hommes solides, habitués, par la nature même de leur métier, aux situations tragiques et douloureuses, être ainsi submergés par l'émotion.

Le dernier témoignage est celui de la mère de la petite fille qui a perdu son père, Gemma. Elle raconte, serrant la petite dans ses bras, le moment de l'explosion et la mort de son mari sous les yeux de sa fille. Elle termine en disant, avec une immense tendresse, que la petite est très forte, qu'elle n'a pas versé une seule larme.

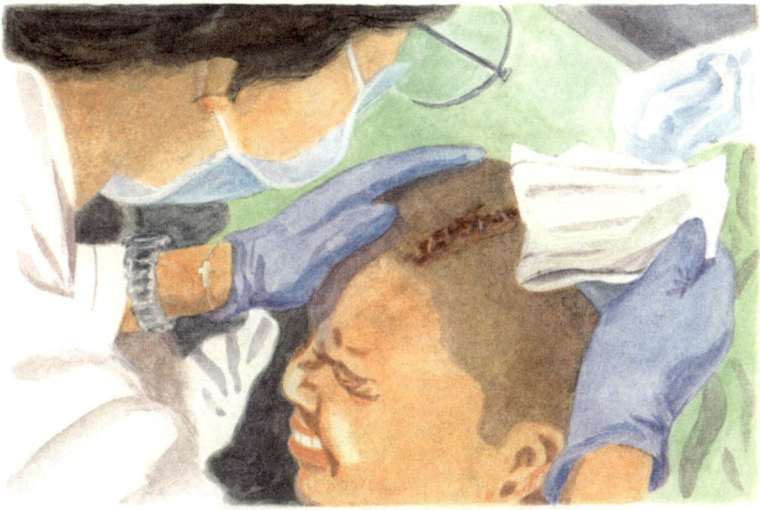

Une infirmière change son pansement.
« Pardon, mon cœur, je te fais mal ! »

Le docteur Sacy.

Gemma et sa mère.

11

Les criminels

Pour nous, au Liban, les criminels ont toujours été les Israéliens et les Syriens, les Américains, les Iraniens… Je ne pense pas différemment. Après l'explosion et la révélation de l'existence des 2 750 tonnes de nitrate d'ammonium depuis six ans parmi nous, ces criminels-là, on les oublie. On les met de côté pour le moment. On ne s'intéresse plus qu'à nos criminels à nous, les démons qui nous gouvernent. On a la rage. On n'a plus qu'un seul souhait, voir pendus les responsables de ce crime et du naufrage du pays. Une potence est dressée place des Martyrs. Des cordes pendent des balcons de Beyrouth, on dessine des guillotines sur les murs de la ville. Les coupables sont désignés, c'est la classe politique dans son ensemble, secondée par la clique financière. Les principaux responsables, nous les nommons : « Michel Aoun, Saad Hariri, Hassan Nasrallah, Nabih Berri, Gebran Bassil, Walid Joumblatt, Soleiman Frangieh, Samir Geagea, vous êtes les meurtriers de Beyrouth, les assassins du Liban, de son modèle de coexistence et d'humanité. Vous payerez pour vos crimes. Nous ne pardonnerons pas. Nous nous vengerons. »

Ces phrases inlassablement reprises sur les réseaux sociaux et dans la rue deviennent ma nouvelle devise. Mais ce ne sont que des effigies qu'on pend et qu'on brûle. J'en suis réduite à me réjouir que l'on décroche et piétine les portraits d'Aoun, à exulter quand on l'injurie de la façon la plus crue, dans les termes les plus orduriers. Les émojis de vomi et de merde ne se comptent plus pour commenter, sur les téléphones, les déclarations des criminels qui nous gouvernent, et ça me satisfait. Face à l'ampleur du désastre et du désespoir, ces gestes dérisoires, presque pathétiques, me réchauffent le cœur. C'est dire le peu d'espoir que j'ai de réellement nous débarrasser de nos bourreaux.

De nombreux autres leaders, moins impliqués dans l'explosion mais présents sur la scène politique depuis les années de guerre, sont tout aussi honnis et responsables de la ruine du Liban. Leurs noms, entendus depuis trop longtemps, emplissent les téléphones… sans oublier, surtout, l'un des noms les plus conspués depuis déjà plusieurs mois, celui du gouverneur de la Banque centrale, Riad Salameh. #nousnousvengerons… #tousveutdiretous… #dressezlesechafauds… Des photos représentant les pires ennemis politiques en train de plaisanter ensemble sont relayées sur les réseaux sociaux, mettant en relief l'horrible farce qu'ils ont jouée aux Libanais. Nous n'avons plus de mots assez éloquents pour les nommer, ils sont au-delà de ce qu'on peut concevoir. Leurs propos et leurs actions, même après la tragédie, sont impossibles à croire dans le monde réel. Dans le pire des cauchemars ou un film d'horreur, ce ne serait même pas imaginable. Les jours passent, et je n'ai plus seulement envie qu'on se débarrasse d'eux. Je les hais, je voudrais les voir souffrir, qu'on leur arrache les yeux… Non… Non, ce que je voudrais vraiment, c'est qu'enfin ils soient jugés et condamnés.

Aoun est tellement haï qu'il n'a même pas osé descendre au port ou dans les quartiers les plus touchés. Il n'a pas exprimé de regrets, d'excuses, de condoléances, rien. Ni lui ni aucun des autres hommes politiques. Pas de regrets et encore moins de démissions. Les seuls ministres à s'être déplacés dans les quartiers sinistrés sont les plus insignifiants, ceux dont on connaît à peine le nom ou le visage. Ils ont quand même été repoussés à coups de balai, au sens propre, puisque les habitants et les bénévoles, en l'absence de la moindre aide de l'État, nettoient eux-mêmes les rues de la ville.

Environ un mois après l'explosion, dans une interview très officielle qui se voulait solennelle, au palais présidentiel, est apparue toute l'infamie du président Aoun, de la façon la plus inattendue. Je regarde la retransmission en direct. Les réponses du président sont pathétiques, lunaires. On sent que l'interviewer, Ricardo Karam – que je connais bien –, doit se contenter de ça, même si on lit sur son visage qu'il n'en pense pas moins. Soudain, une question, apparemment innocente, presque complaisante, obtient une réponse qui révolte les Libanais. « Monsieur le président, vous avez certainement suivi à la télévision les événements, les images qu'ont retransmises les chaînes d'info… avez-vous retenu un visage en particulier, parmi les victimes ? avez-vous retenu certains noms ? » La réponse ne se fait pas attendre, le président dit que franchement non, il ne voit vraiment pas qui sont les victimes. Ricardo insiste, donne des pistes. Je retiens mon souffle. Il n'obtiendra aucun nom. Avant même la fin de l'interview, les commentaires inondent les réseaux sociaux : « Même pas la petite Alexandra ? même pas Elias ? Il ne les a pas retenus ? » « Même pas Sahar ? »

Des photos représentant les pires ennemis politiques…

… en train de plaisanter ensemble…

… sont relayées sur les réseaux sociaux…

… mettant en relief l'horrible farce qu'ils ont jouée aux Libanais.

En réalité ce sont de sinistres personnages…

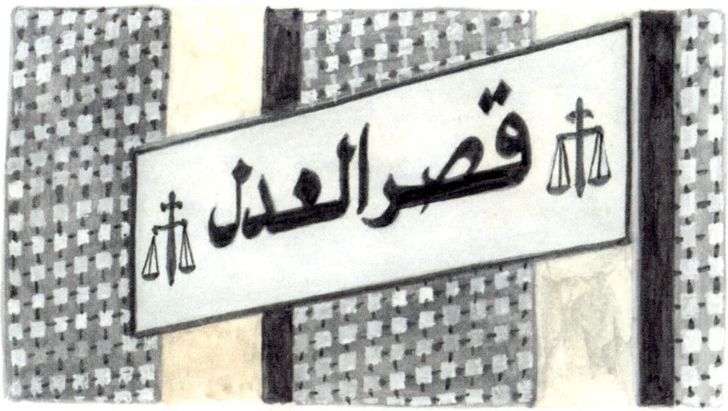

… qu'il faut traîner devant la « justice »…

… mais il n’y a pas de justice.

Les vidéos de l'explosion, revues cent fois.
On distingue les ifs et le toit de la villa de Lady Cochrane. Juste devant eux,
à droite, l'immeuble de mes parents, plus à droite
le centre Sofil, à l'extrême gauche l'église Mar Nkoula.

12

Rapport sur le port 1956

Un article instructif sur le port de Beyrouth est paru dans la *Revue de géographie de Lyon* en 1956. En voici quelques extraits :

Beyrouth, port principal situé sur la côte méditerranéenne du Proche-Orient, constitue le point de contact entre les pays de civilisation arabe et les nations d'Europe et d'Amérique. La vocation naturelle de Beyrouth sera-t-elle entravée par des volontés humaines hostiles ?

C'est par l'importance relative de ses entrepôts que le port de Beyrouth acquiert sa physionomie particulière.

La Compagnie du Port délivre sur leur demande aux propriétaires de ces produits, soit des récépissés à ordre, soit des récépissés warrants, qui leur permettent d'obtenir prêts sur marchandises et crédits à l'étranger, régime exceptionnellement favorable au commerce comme à la spéculation. Cette tendance et cet aspect se trouvent renforcés par l'existence d'une zone franche qui confère au port sa plus marquante originalité.

Cette zone couvre une superficie de 106 000 mètres carrés et constitue à elle seule une petite ville fort active. D'une façon générale les marchandises y sont reçues exemptes de toute taxe douanière. Elles peuvent également en ressortir sans payer aucun droit à condition d'être réexportées par voie de mer.

Un véritable centre commercial s'est créé. Les commerçants peuvent louer des locaux de la compagnie ou des emplacements pour y construire eux-mêmes des magasins. Là se pratiquent une foule d'opérations dont certaines fort curieuses : laines d'Australie revendues en Amérique, lentilles de Turquie décortiquées et réexpédiées aux Indes. On vit même 50 000 brosses à dents venues d'Amérique y séjourner deux ans puis repartir pour la Norvège.

En 1954, 282 000 tonnes de marchandises en transit sont passées par la zone franche. Sur ce chiffre, 172 000 tonnes n'ont payé aucun droit.

Est particulièrement célèbre le bazar à tapis, bâtiment de deux étages dans lequel treize commerçants iraniens traitent chaque année 202 500 tonnes de tapis représentant une valeur de 15 à 16 millions de livres libanaises.

Un grand nombre de produits reçus ne sont pas réexpédiés immédiatement mais subissent tout d'abord des transformations industrielles dans les fabriques installées dans cette partie du port. Les plus notables sont une usine de conditionnement de légumes secs, une usine de conditionnement de boyaux secs qui fabrique aussi bien des enveloppes de saucisses que des raquettes de tennis…

Si, au lieu de passer par Beyrouth, les marchandises gagnent

Bagdad par Bassora, ou Téhéran par Khormashar, elles devront, après avoir acquitté les droits à la traversée du canal de Suez, parcourir 5 000 km supplémentaires pour Bagdad et 5 350 km pour Téhéran. La durée du trajet sera augmentée de douze à quinze jours et de Bassora à Bagdad il restera à parcourir 580 km de chemin de fer. Dans ces conditions, Beyrouth semble bien devoir mériter les épithètes flatteuses qui lui sont parfois décernées.

Quatre-vingts lignes de navigation relient Beyrouth à tous les grands ports du monde. Le trafic général du port a augmenté de 20 % de 1953 à 1954 et a doublé depuis 1948. Cet essor s'est accompagné d'un déséquilibre devenu traditionnel entre l'importation et l'exportation.

En 1954, les marchandises en transit atteignaient 403 000 tonnes, soit 40 % du trafic du port. Sur ce chiffre global, la Syrie représentait 171 000 tonnes, la Jordanie 106 000 tonnes, l'Irak 61 000 tonnes – soit pour les trois pays 84 % du transit de Beyrouth.

Toutefois, le transit marchandises du port ne représente qu'une faible partie du transit libanais. Les chiffres précédents en effet ne tiennent pas compte des carburants. Or, deux pipelines aboutissent au Liban : l'IPC (Iraq Petroleum Company) à Tripoli, venant d'Irak, pipeline à double conduite ; l'Aramaco (Tapline), « big inches », venant d'Arabie et se terminant à Saïda.

Les dernières années ont vu se dessiner au Liban un essor agricole surprenant. D'ores et déjà, le Liban dispose de ses oranges, citrons,

Ma passion pour le port de Beyrouth ne date pas du 4 août.
Cette assiette, je l'ai achetée il y a vingt ans dans le souk de Jbeil.
C'est le port en 1969. On y voit les silos en construction.

pommes, oignons, peut-être demain du café qu'on essaie d'acclimater. Dans le domaine industriel, les ressources hydroélectriques, seule source d'énergie de ce pays, sont évaluées à 800 kilowatts/heure. Déduction faite de l'électricité absorbée par l'éclairage et la consommation familiale, l'irrigation et l'électrification des chemins de fer, il resterait 400 millions de kilowatts/heure pour l'industrie.

Tous les problèmes envisagés jusqu'à présent peuvent être résolus assez aisément, dans la mesure où ils ne réclament qu'une action ou une énergie libanaises. Il en va autrement pour les projets mettant en cause les pays voisins.

Il existe sur la côte israélienne un port, celui de Haïfa, bien équipé ; et prêt, si une solution était apportée au différend israélo-arabe, à concurrencer dangereusement Beyrouth – hypothèse irréalisable dans la conjoncture présente, que l'on ne saurait toutefois s'abstenir de mentionner.

Qu'adviendra-t-il du port et des rêves qu'on fait pour lui ? Sans doute le premier mérite de ceux-ci est-il de se calquer étroitement sur des nécessités économiques et géographiques. Gigantesques, ils visent à faire de Beyrouth la porte d'un véritable ensemble continental, le port de cinq nations.

Toutefois, il est des impératifs autres : politiques, nationaux ; des volontés, des jalousies qui sont loin de lui être favorables. Beyrouth sera ce que sa situation naturelle fait de lui sans doute, mais aussi ce qu'en décideront les hommes de tout le Proche et Moyen-Orient.

Pauvre port…

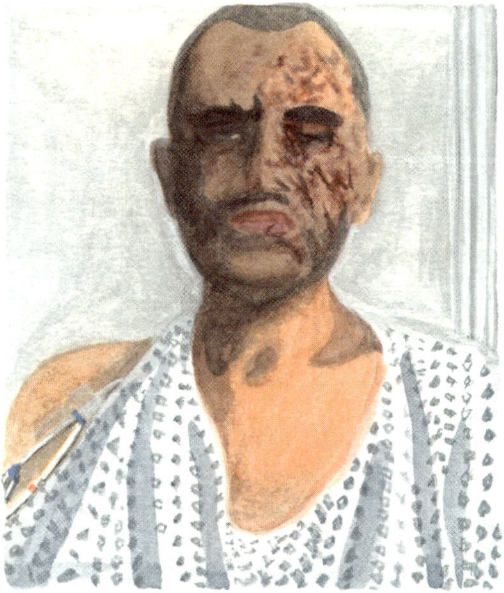

Mohamed Dadouey était au port, dans sa voiture,
près du hangar n° 12, prêt à rentrer chez lui.
Il a perdu partiellement la vue d'un œil, est aveugle de l'autre,
paralysé d'un bras et amputé d'une jambe.

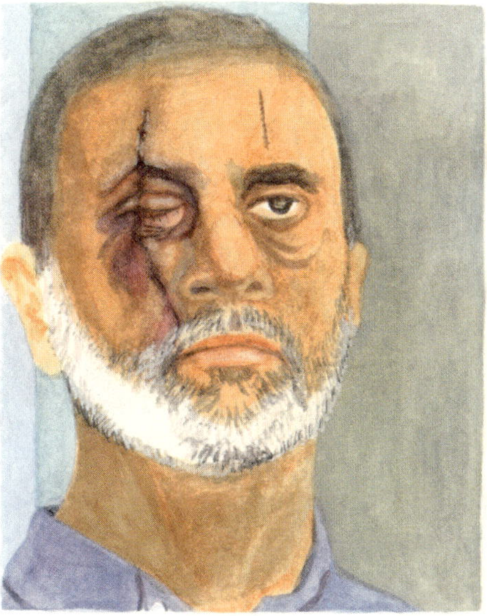

Rony Mecattaf est psychothérapeute.
Il raconte avoir fait un cauchemar récemment.
Il a rêvé d'une deuxième explosion où, cette fois, il meurt.

Une mère sur le cercueil de sa fille.

13

L'entêtement de mon père

Que s'est-il passé, après la guerre ? Pourquoi avons-nous tout raté ? Tous ensemble ? Pourquoi la société tout entière a-t-elle failli, pressée de s'adonner aux plaisirs superficiels, aux jouissances faciles, à la légèreté, au « luxe » qui lui est servi sur un plateau par une classe politico-financière corrompue jusqu'à la moelle ? Pourquoi avons-nous accepté, tous, ce système qu'on soupçonnait être mauvais, sans chercher à résister, ni à nous poser les questions dont les réponses auraient pu déranger notre confort, notre contentement ? Certains par intérêt ? D'autres par aveuglement ? D'autres pour ne pas jouer les rabat-joie et les moralisateurs ? Par inconscience ? Parce que la corruption généralisée de tous les échelons de la société nous semblait un trait libanais pittoresque et acceptable ? Par paresse ? Parce que nous estimions avoir fait assez d'efforts pendant quinze ans de guerre ? Tout à coup, j'ai une vision… Non, pas tous. Nous n'avons pas tous cédé si facilement. J'ai une vision d'un souvenir lointain mais précis, auquel je n'ai plus vraiment pensé depuis vingt-cinq ans : deux gendarmes à moto, une voiture avec une belle plaque, une cérémonie officielle dans un village voisin, la silhouette prestigieuse du Parlement libanais en filigrane, et au milieu de tout cela, mon père, en costume-cravate.

Avant d'en arriver à l'épisode particulier qui me revient en mémoire, voici le début de l'histoire.

Juste après la guerre, en 1992, mon père s'était présenté aux premières élections législatives qui avaient lieu depuis vingt ans et avait été élu. Les précédentes élections s'étaient déroulées vingt ans plus tôt, trois ans avant le début de la guerre, en 1972. Il avait vingt-neuf ans. Après des études de droit à l'Université des jésuites à Beyrouth, puis à la Sorbonne, il avait été reçu au barreau de Beyrouth. Passionné de politique, il s'était présenté aux élections en indépendant et avait échoué. Pendant les quinze années de guerre, il s'était tenu rigoureusement à l'écart de toute activité politique, se contentant de pratiquer son métier d'avocat. En ce temps-là, politique rimait avec milice, avec armes, tout ce qui lui a toujours fait horreur. Ce n'était pas sa conception du meilleur moyen de servir le Liban, il s'était mis à l'écart. Les sollicitations n'ont pourtant pas manqué, voire les intimidations. On lui a proposé des armes pour équiper ses partisans. On lui a promis des postes de responsabilité dans le parti chrétien dominant, le Parti phalangiste. On l'a sommé de soutenir ce parti et sa milice. Plusieurs de ses partisans l'ont supplié d'accepter. Les armes, c'était le rêve de tout Libanais, en ces années-là. Lui ne voulait pas en entendre parler. Il a tenu bon, malgré les reproches et les menaces. Une nuit, on est venu orner le porche de notre maison familiale du sigle de ce parti, avec un pochoir et de l'encre indélébile. Ces intimidations ne l'ont pas fait varier de la ligne de conduite qu'il s'était fixée : ne pas participer à la guerre. Même pas dans la sphère politique.

Les années ont passé, la guerre est finie, on ne sait pas très bien comment, et aux premières élections, il se présente en indépendant et est élu député et premier secrétaire de la chambre. Celui qui est élu président de la Chambre cette année-là n'est autre que Nabih Berri. Les deux hommes s'entendent bien, Berri n'en est qu'à son premier mandat. Une des fonctions du premier secrétaire est de représenter parfois le président de la Chambre dans des cérémonies officielles quand ce dernier ne peut s'y rendre. Il est alors placé aux côtés du président de la République et du Premier ministre. Que leur député se retrouve à cette place d'honneur flatte les supporters de mon père, ses électeurs, les habitants de notre région. Cette mission donne droit à une luxueuse voiture de fonction avec une plaque du Parlement, accompagnée de quelques autres voitures de partisans en convoi, en général des Range Rover, et surtout, surtout, de deux motards de la République libanaise qui précèdent la voiture et lui « ouvrent » la route, sirènes hurlantes, même quand elle est déjà parfaitement ouverte. Ça, c'est la norme. Mais mon père ne l'entend pas de cette oreille. Il dit qu'il n'a pas besoin d'une voiture du Parlement, que la sienne suffit amplement, pas besoin non plus d'être escorté par ses hommes. Il tolère les deux motards, mais leur demande de ne pas mettre leurs sirènes, de ne pas importuner les automobilistes en forçant la route. Seulement voilà, ses partisans n'apprécient pas tant de discrétion. Eux voudraient que leur leader fasse étalage de sa puissance, que son convoi traverse les villages du Sud, du Nord, du Chouf, de la Bekaa en se faisant respecter, c'est-à-dire avec les sirènes, les motards en grande tenue qui écartent les foules de leurs gants blancs, la plaque officielle, le chauffeur du Parlement, la voiture rutilante.

Ils sont déçus. Ils le lui font savoir. Il leur fait remarquer que, comme lui, ils sont les premiers à râler quand ils doivent s'écarter

devant le convoi d'un leader qu'ils ne connaissent pas. Il ne voudrait pas faire ce qu'ils critiquent chez les autres. Et si la route est vide, à quoi sert de faire hurler les sirènes ? Se faire annoncer en fanfare, ce n'est pas son genre. Non, il ne changera pas de méthode. On lui dit qu'il est bien le seul à se gêner. Quand un autre député que lui représente Berri, on l'entend passer, et ses hommes sont de la partie, même chose pour les représentants du président de la République ou du Premier ministre, tous ils en jettent, quand ils se déplacent. Il ne se fera pas respecter, s'il joue le modeste. Même ses proches collaborateurs insistent pour qu'il satisfasse de temps en temps ses partisans. Mais mon père est entêté. En désespoir de cause, l'un de ses plus fidèles conseillers et amis, un notable de notre village, le supplie : « La semaine prochaine, tu représentes Berri à l'évêché d'Aramoun. Dans notre région. Tu vas traverser ton propre village et les villages alentour qui sont ton fief. On ne te demande plus de faire hurler les sirènes à travers tout le Liban, ni d'être accompagné d'un cortège. Mais je t'en supplie, en traversant notre village, et le suivant, que les motards mettent les sirènes, les habitants, qui te connaissent depuis toujours, seront si fiers, tu les rendras heureux.
– Mais tu as perdu la tête, le coupe sèchement mon père, je ne vais quand même pas traverser mon propre village comme un voyou. » Il me dira en riant, une fois son ami parti : « Tu vois, Lamia, c'est surtout lui qui a envie d'entendre les sirènes. » Je n'ai pas osé lui dire, honteuse, que ça ne m'aurait pas déplu non plus.

Cette obstination de mon père finit par agacer tout le monde, y compris ses supporters les plus inconditionnels. Y compris sa propre famille, y compris moi, je l'avoue, qui ai pourtant hérité

Mon père en 1972, sur le seuil de notre maison de Kattine.

de sa méfiance pour la parade. Je me dis qu'il pourrait faire un petit effort pour faire plaisir à ses électeurs, satisfaire leur fierté d'avoir un leader qui fait étalage de ses privilèges, même si c'est contraire à ses principes et son tempérament.

Aujourd'hui, du fond du gouffre où nous nous trouvons, je vois, comme une évidence absolue, que le manque d'hommes comme mon père en politique a mené au naufrage du pays. Cette histoire de sirènes et de convois peut sembler anecdotique ou puérile. Pour moi c'est la base. La base pour construire une nation. Le minimum. Mais mon père n'a pas fait que le minimum. Il a pris quelques décisions difficiles et courageuses, fidèles à ses principes. Il s'est opposé à la politique économique de Hariri et a refusé de voter l'amendement de la Constitution qui permettrait la réélection du président de la République Elias Hraoui, soutenu par les Syriens. Il est aussi l'un des cinq seuls députés à ne pas avoir voté l'amendement de la Constitution pour faire élire Émile Lahoud, autre homme des Syriens imposé par Damas à la présidence de la République. Ce qui lui valut la perte de son siège de député aux législatives suivantes. Il s'est ensuite battu au cœur du mouvement qui mènera au retrait syrien du Liban en 2005, après plus de vingt ans d'occupation. Cet exploit aurait dû suffire à lui assurer une victoire aux législatives suivantes, mais non. Il est balayé par un dénommé Michel Aoun. Les électeurs ne savent pas alors, ni personne d'ailleurs, qu'Aoun, qui clame son opposition aux Syriens depuis plus de quinze ans, qui a mené une guerre meurtrière (pour le Liban) contre eux, a en réalité passé un accord secret avec les Syriens avant les élections. Cela ne sera révélé au grand jour qu'après les élections. Mon père, battu, se retire définitivement de la politique.

Arrivant à un meeting dans un village de la côte, le dernier jour de campagne. Il sera balayé le lendemain par Michel Aoun.

Le 4 août à 18h07, mon père et ma mère sont dans notre maison de famille, à la montagne. Ma sœur me raconte qu'elle y est arrivée vers vingt-deux heures, exténuée, traumatisée, couverte de poussière et de sang, encore tremblante, avec ma tante, sonnée, pieds nus, dans une robe d'intérieur en lambeaux et ensanglantée. Elle l'avait sortie des décombres de sa maison après avoir traversé à pied le quartier en ruine, jonché de morts et de blessés, pour parvenir chez elle. Sont également là mon frère, sa femme et leurs enfants. Tout le monde est encore sous le choc. Mon frère et mes deux sœurs ont leurs appartements détruits. Quelques amis morts. Ils sont encore choqués et fébriles. Mon père ne semble pas remarquer qu'il s'est passé quelque chose ce soir-là, il ne participe pas à la conversation, ne pose aucune question, et regarde à la télévision un documentaire sur le Kremlin qu'il avait prévu de regarder.

Quelqu'un vient de poster cette brochure sur Instagram…

Samar a trois ans.

Ma sœur m'a envoyé de nouvelles photos de la maison de ma grand-mère, d'une pièce qui n'était plus accessible depuis le 4 août à cause des gravats. Les petites poteries antiques n'ont pas tremblé…

…sur leurs étagères (sauf une) alors que le plafond est tombé,
et le toit aussi. Aux pieds de la vitrine intacte, un amas de plâtre,
de tuiles, de poutres, de planches, de vitres.
Toujours le sortilège des objets…

Ali Msheik travaillait au port. Journalier au silo.
Le 4 août il faisait un extra pour quelques cents *de plus.*
Sa femme est partie à sa recherche avec cette photo d'identité.
Ils ont trois enfants.

La voie rapide qui longe le port va connaître beaucoup de victimes.
Les voitures ont été projetées à plusieurs mètres
avant de retomber parfois sur leur capot.

14

Un peuple pacifique et doux

Parfois, je suis éblouie par une lumière fulgurante qui fait mal. Une prise de conscience qui m'abat. Une bouffée d'angoisse qui m'empêche de respirer, je suis sur le point de suffoquer, étouffée par une vérité qui m'accable : toute ma vie, et celle de mes proches et moins proches, a baigné dans la violence. Depuis toujours. Je suis effarée par l'ampleur et l'étendue de cette violence, devenue tellement familière qu'elle me semble naturelle. Qu'elle nous semble naturelle, à nous tous, Libanais. Pourquoi ? Pourquoi tant de violence ? Pourquoi naturelle ? Pourtant, je nous vois comme un peuple pacifique et doux. Un peuple affable, raffiné, accueillant, convivial, poète, né dans un pays paradisiaque. Tout le monde le sait. Un peuple pacifique et doux dont l'histoire moderne est jalonnée de drames et de barbarie. Nous avons accumulé les atrocités, avant même le début de la guerre et bien après qu'elle s'est officiellement terminée. Attentats, massacres, bombardements, voitures piégées. Et maintenant cette explosion. Beyrouth ne compte plus les morts violentes. Dans un de mes livres, j'ai dessiné une carte de Beyrouth où sont signalés les endroits où ont eu lieu des attentats ciblés. Elle est recouverte de petits points ! Pourquoi vit-on avec la violence comme avec une parente ? Depuis si longtemps…

Parfois, j'ai le sentiment que la violence à Beyrouth est née avec moi, en 1968.

Je suis née à Beyrouth en août, sept ans avant le début de la guerre. Quatre mois plus tard, le 28 décembre 1968, peu après vingt et une heures, un commando israélien attaque l'aéroport de Beyrouth et détruit treize avions de ligne des compagnies libanaises au sol, c'est-à-dire l'ensemble de la flotte aérienne civile du pays. L'opération accomplie, le commando s'éloigne dans le ciel sans avoir été inquiété, tandis que les épaves des avions brûlent dans la nuit. De grandes flammes sur le tarmac, dans la longue et sinistre nuit noire où commence à s'enfoncer le Liban. La nuit de la violence.

Deux jours plus tôt, deux jeunes réfugiés palestiniens avaient attaqué un avion d'El Al à l'aéroport d'Athènes, tuant un officier israélien à la retraite. Ils sont membres du FPLP, qui revendique l'attentat à partir de Beyrouth. C'est ainsi qu'Israël justifie son attaque contre le Liban, le tenant pour responsable d'un acte commis à son insu, hors de son territoire et par des non-Libanais. Les condamnations de l'attaque israélienne dans le monde sont unanimes, la plus ferme étant celle de la France. De Gaulle décrète l'embargo sur les armes à destination d'Israël, refusant de livrer cinquante Mirage déjà payés. À Athènes, il s'agissait d'un coup de main organisé par des hommes appartenant à une organisation clandestine. À Beyrouth, l'opération a été montée par un État avec son matériel militaire, en particulier des Super-Frelon et des Alouette de fabrication française, contre les installations civiles d'un autre État.

Je ne peux m'empêcher de noter, en passant, que les présidents de la République française sont guéris d'autant de scrupules, bien moins regardants depuis sur l'emploi qui est fait du matériel militaire que produit la France.

Le Liban dépêche Fouad Boutros, ancien ministre des Affaires étrangères et éminent avocat, à l'ONU. Arrivé à New York le 30 décembre, il intervient le soir même devant le Conseil de sécurité, prononçant un long discours qui mènera trois jours plus tard à la condamnation d'Israël à l'unanimité. La résolution insiste sur le fait que de tels actes prémédités de violence mettent en danger le maintien de la paix dans la région. Israël est par ailleurs sommé de rembourser les pertes, qui sont estimées à 44 millions de dollars, ce qu'il ne fera pas.

Le raid de l'aéroport est le premier d'une interminable série d'attaques israéliennes sur Beyrouth, qui auront lieu avant, pendant et après la guerre, la plupart d'entre elles reposant sur des prétextes fallacieux. La condamnation de l'ONU restera lettre morte et n'affectera en rien le nombre délirant de violations du territoire libanais commis par l'aviation israélienne. 3 000 entre 1968 et 1974, soit plus d'une fois par jour, et une moyenne de sept fois par jour l'année qui a précédé la guerre. Sans moyen de défense antiaérienne, le ciel du Liban devient la chasse gardée de l'aviation israélienne. Devant l'ampleur de ce qui a suivi pendant les années de guerre et en 2006, cette attaque de l'aéroport de Beyrouth, la plupart des gens l'ont oubliée. Il n'en reste peut-être dans certaines mémoires qu'une réplique devenue célèbre. Après le discours de Fouad Boutros devant le Conseil de sécurité, le représentant d'Israël tente de justifier l'agression en présentant Israël comme la victime sans défense de l'agressivité des Arabes. Fouad Boutros s'adresse aux membres du Conseil de sécurité : « À qui le délégué israélien fera-t-il croire qu'Israël est l'agneau et le Liban le loup ? »

Le lendemain du 28 décembre 1968, à l'aube, le soleil se lève, les flammes sont mortes, laissant sur le tarmac treize épaves calcinées… La première image de la violence.

Le 29 décembre 1968, le soleil se lève…

… sur les premières images de la violence.

Joe Akiki avait vingt-trois ans,
il travaillait dans les silos pour payer ses études.
Le 4 août vers quinze heures, il prend son service pour un shift
de vingt-quatre heures. Trois heures plus tard, il envoie à un groupe d'amis
sur WhatsApp une vidéo de l'incendie du port. Puis le silence.
La confiance de sa mère quelques jours plus tard, alors qu'on cherche
toujours les corps, fend le cœur. Elle est sûre qu'il est toujours vivant,
il est tellement intelligent et débrouillard, il se sort toujours
de n'importe quelle situation, il a dû trouver une cavité où se cacher,
il avait repéré les lieux, le blé l'a peut-être protégé…

Ghassan Hasrouti travaillait au port depuis
plus de trente-huit ans, lui aussi dans les silos.
Il est ici en famille, lors d'une fête dans son village.

15

Ma sœur au téléphone

Aujourd'hui, ma sœur me dit : « Un des clients de la gym est mort aujourd'hui au bout de deux mois de coma... Je le voyais tous les jours. On se croisait. Sa séance était à 18 heures et la mienne à 19. Ou l'inverse. On bavardait un petit peu. Ce jour-là, c'était lui à 18 et moi à 19.

Ma gym est juste en face des silos. À 600 mètres.

Tania, la femme de Hajj, mon coach et proprio de la gym, était dehors, en train de filmer. Hajj était en classe avec moi depuis le petit jardin*. Hajj était à l'intérieur. Il y avait plein de gens à la gym... Après l'explosion, Tania a disparu. Hajj crie son nom, ne la trouve pas. Tout le monde la cherche pendant plusieurs minutes, sans succès. Puis un bras se lève sous les gravats loin de l'endroit où elle se tenait. Elle n'a « rien ». Hajj par contre était blessé et avait des éclats de verre dans les yeux. Il insiste pour emmener Tania à l'hôpital, il la trouve bizarre. Tout le monde lui conseille de la laisser là et d'aller plutôt à l'hôpital lui-même. Il insiste. Il se met à faire le tour des hôpitaux avec elle sur sa mobylette. Ils tombent plusieurs fois. Elle se casse l'épaule et le bras. Aucun hôpital ne les reçoit. Au bout de deux heures ils finissent à l'hôpital Serhal. Il a perdu beaucoup de sang et est très faible. À peine arrivés, Tania vomit. Scan du cerveau, opération au cerveau. Opération de la main. Lui a des cicatrices sur tout le visage. Un autre type de la gym a eu quatre-vingts points

* Le petit jardin : école maternelle.

de suture au cou. Je ne sais pas comment la carotide n'a pas été coupée. Un autre a eu les côtes cassées. Une fille de la gym a encore des morceaux de verre qui sortent de ses bras. Son mari est devenu sourd d'une oreille.

Krystel a été très gravement blessée. Elle a appelé son père qui est cardiologue. Il était à Ajaltoun. Il descend en trombe. Il la trouve sous les gravats. Lui fait un massage cardiaque. Elle se réveille un instant puis s'évanouit dans un soupir. Il est cardiologue, il sait que c'est un râle. Il ne veut pas y croire, réussit à la mettre dans une ambulance mais perd la trace de celle-ci. Il la cherche dans les services d'urgences des hôpitaux de Beyrouth. Il la trouve à la morgue de l'hôpital américain.

La sœur de Kim a été projetée tellement loin qu'elle m'a dit avoir eu le temps de se rendre compte qu'elle volait dans la pièce. Le bébé de Kim est sain et sauf. Elle l'a sorti de son berceau une minute avant l'explosion pour qu'il joue avec son grand-père. Le berceau est plein de verre brisé, il était devant la baie vitrée.

Je vais te laisser... je dois m'occuper de mon problème de mites. J'ai une invasion dingue de mites, chez moi. Il paraît que c'est le cas dans toutes les vieilles maisons de Beyrouth, en ce moment. L'explosion, en fracassant les huisseries, aurait libéré les mites qui s'y trouvaient... Même si j'ai réparé mes portes, mes fenêtres et le plafond, les mites sont maintenant partout...

Il faut aussi que je m'occupe de faire nettoyer mes tapis par un expert... tu sais qu'ils brillent littéralement ? Je les ai aspirés cent cinquante fois, mais ils brillent toujours. Ce ne sont plus des débris de vitres qui y sont incrustés, mais de la poussière de verre impossible à faire partir et qui brille, qui brille... »

Bisan Tibati avait sept ans et venait de Syrie.

Yehia Hamoui était lui aussi syrien.

16

Qui ?

« Pourquoi ? » « Comment ? » « Qui ? » « Qui ? » « Qui ? » Ces questions sont dans tous les esprits depuis le 4 août à 18 h 08.

En 2013, avec 2 750 tonnes de nitrate d'ammonium à son bord et un capitaine russe, le MV *Rhosus*, un navire immatriculé en Moldavie – pays sans accès à la mer –, en provenance de Géorgie et se rendant au Mozambique, fait escale à Beyrouth. Il est très vieux, dans un état déplorable. Les autorités du port lui interdisent de reprendre la mer. Le propriétaire du bateau l'abandonne, refusant de le faire réparer dans le port de Beyrouth et de payer les taxes portuaires et son équipage. Au bout d'environ un an, il commence à sombrer. Les 2 750 tonnes sont déchargées et entreposées dans le hangar n° 12, avant que le bateau ne coule dans le port. Sept ans plus tard, un travail de soudure sur l'une des portes du hangar met le feu à un stock de feux d'artifice qui explose et sert de détonateur au nitrate d'ammonium.

C'est l'explication officielle. Mais d'innombrables questions entourent l'arrivée de ce stock et son séjour pendant sept ans dans le port de Beyrouth. Le périple du *Rhosus*, de son équipage et de sa cargaison, était-il en réalité une *légende* destinée à brouiller les pistes ? Le nitrate était-il destiné au Hezbollah ? Ou à ces trois mystérieux hommes d'affaires syriens proches de Bachar el-Assad ? Est-ce que le stock est resté dans le port par négligence et incompétence ?

Ou bien intentionnellement ? Est-ce que le Hezbollah s'en servait pour des actions en Syrie ou ailleurs ? Ou alors les trois Syriens ? Est-ce qu'il restait bien 2 750 tonnes au moment de l'explosion ? Ou bien le stock avait-il été allégé pour servir en Syrie ? Combien de tonnes ont explosé en Syrie ? Combien d'autres victimes ? Qui savait que cet ammonium était stocké là ? Le président ? Tout le monde savait ? Beaucoup de questions et peu de réponses définitives, mais une chose est sûre, la responsabilité du Hezbollah et de la classe politique au pouvoir est indiscutable. La rage, la haine, la colère des Libanais n'a plus dès lors qu'un seul objet, le régime mafieux qui nous a menés là, et qui savait.

La question de la responsabilité criminelle de la Sulta* et du Hezbollah dans le maintien du nitrate dans le port ne fait pas débat, mais petit à petit, une autre question refait surface, celle de l'étincelle qui a mis le feu aux poudres. Corruption, incom-

* La Sulta : le pouvoir.

pétence, négligence sont tellement ancrées dans le pouvoir, l'administration, les services publics, la société et la vie quotidienne que l'origine accidentelle de l'explosion est au début plus ou moins acceptée. L'affaire de la soudure s'avère vite être une vaste plaisanterie, mais l'explication accidentelle n'est pas écartée pour autant. Partout à travers le monde on plaint le Liban, on aide le Liban et on dit : régime corrompu et irresponsable, puis accident. Le *New York Times* fait même une simulation en 3D tellement réaliste que le doute n'est plus permis, la version de la soudure ou de l'accident, sans aucun semblant d'enquête, est pour ainsi dire entrée dans l'Histoire. Une autre hypothèse est pourtant dans tous les esprits : celle d'une « étincelle » israélienne. Missile, sabotage ou autre. Il n'y a pas un seul Libanais, je crois, qui n'ait cette hypothèse présente à l'esprit. Notre longue expérience de la « politique » israélienne à l'égard du Liban légitime une telle supposition.

Sur les réseaux sociaux,
la photo d'un homme circule tout d'un coup.
On apprend que le colonel Joseph Skaff
avait signalé la présence du nitrate d'ammonium dans le port en 2014,
en soulignant le grand danger. Il avait écrit aux plus hautes autorités
pour demander sa mise à l'abri ou sa destruction.
Il est mort assassiné peu de temps après.

Les vidéos de l'incendie, de l'explosion et du champignon
sont analysées sous toutes les coutures,
mais aucune enquête réelle n'est menée.

17

Beyrouth, nid d'espions

Moi, ça me paraît fou, cette histoire de soudure. Voilà comment je vois les choses : un agent du Mossad, débarqué à Beyrouth en 2018, sur un bateau en provenance d'Athènes, se fait passer pour un marin kurde, ou roumain, ou albanais. Les Israéliens savent que ce nitrate d'ammonium croupit dans le port depuis cinq ans. Il n'attend qu'eux. Ils ont donc envoyé un de leurs hommes. Il serait resté là, pour une raison ou une autre, il aurait sympathisé avec des employés sur les docks, rendu des services aux fonctionnaires véreux. Je le vois, il ressemble à Al Pacino, ou plutôt à Andy Garcia. Au bout de quelques mois, il est familier des lieux et copain avec tout le monde, avec son accent bulgare à couper au couteau. Fin juillet, il décharge d'un cargo italien un sac de TNT. Suffisamment pour provoquer la première explosion. Il le place dans le hangar n° 12. Le 4 août, il profite de la « pause sandwich de taouk » de ceux qui pourraient le gêner et il pose un détonateur. À 17 h 50, il provoque l'incendie pour accréditer l'accident, puis sort du port, s'en éloigne vers la montagne, ou vers le sud, ou le nord, et provoque la première explosion. Qui déclenche le nitrate.

Ou alors, autre hypothèse, c'est une espionne du Mossad. Elle est blonde. Elle rencontre un responsable du port dans un bar en ville. Elle s'appelle Ingrid, elle rêve d'être mannequin, elle est d'origine suédoise. Elle devient sa maîtresse. Au bout de quelques semaines, elle voudrait faire des photos au port pour son press-book. Elle le supplie de la laisser poser près des silos. Le jour de la prise de vue, elle arrive avec le photographe et son assistant, et tout leur matériel. Pendant la séance de pose, ils équipent l'angle nord-ouest du hangar n° 12 d'explosifs et détonateur. Le jour J, le photographe et l'assistant, venus par la mer en plongée, allument l'incendie. Ingrid leur donne le temps de s'éloigner et provoque à distance la première explosion. Qui déclenche le nitrate.

Si on m'entendait, on me reprocherait de céder à la théorie du complot. Mais pour moi, la vie au Proche-Orient n'est que complots ! Je dîne avec un ami français. Je l'amuse avec mes scénarios. Il me dit que je devrais offrir mes services à Netflix. Je lui raconte quelques épisodes réels d'espionnage et de commandos israéliens au Liban. Il faut que je lui prouve que les complots, ça existe vraiment. Une des histoires les plus célèbres est celle de l'assassinat à Beyrouth de trois des plus hauts responsables de l'OLP en 1973. Les trois hommes ainsi que quelques autres victimes collatérales sont tués chez eux, en pleine nuit, par un commando infiltré par la mer en zodiac et débarqué sur une plage de Beyrouth. Un des terroristes qui exécuta cette tuerie est Ehud Barak, futur Premier ministre d'Israël, déguisé en femme, comme le précise le website de Tsahal – et non mon imagination débordante. Pour la préparation de l'opération, une jeune femme était entrée au Liban en se faisant passer pour une scénariste américaine venue faire des repérages pour un film sur l'aventurière britannique orientaliste Lady Stanhope.

Je lui raconte aussi l'histoire de l'assassinat par le Mossad, en plein Beyrouth, d'Ali Hassan Salameh (Abou Hassan), le fameux prince rouge. L'agent du Mossad envoyé à Beyrouth en 1974 pour le surveiller s'installe dans un grand hôtel également fréquenté par lui. Il a pour consigne de le filer sans jamais entrer en contact avec lui. Au bout de quelques mois, c'est Abou Hassan qui l'aborde, alors qu'ils sont seuls tous les deux dans la salle de sport de l'hôtel. Le prince rouge propose une partie de squash. Ils se lient d'une réelle amitié. L'espion devient un proche. Le prince rouge l'invite chez lui, lui présente sa femme, Georgina Rizk, Miss Univers 1971, ils partagent des verres, des dîners, il lui fait des cadeaux. Quatre ans plus tard, c'est le moment de passer à l'action. L'agent propose à sa hiérarchie le plan d'assassinat à la voiture piégée.

Ces deux opérations ne sont pas isolées. Il y en eut beaucoup d'autres. Plusieurs agents israéliens ont déjà été démasqués à Beyrouth, parfois des réseaux entiers, dans les années 1950 et 1960, mais aussi dans les années 2000 et jusqu'en 2019. Depuis la fin de la guerre, ce sont surtout des Libanais employés des télécoms ou haut gradés dans l'armée.

Mon ami Serge – qui est libanais, lui – me raconte qu'à la fin des années 1970, une espèce de clochard avec une grosse barbe et un chapeau à plume, Abou el-Rich, vivait dans un réduit fait de cartons et de pneus, au pied de leur immeuble, entre le glacier la Marquise et Corner Sport, dans le quartier de Ras Beirut. Quand sa mère l'autorisait à descendre faire du skateboard devant l'immeuble, Serge aimait aller bavarder avec lui, et Abou el-Rich l'aidait parfois à faire ses devoirs. Il parlait plusieurs langues couramment, l'arabe, le français et l'anglais. Serge l'entendait aussi parler allemand avec les gens de l'Institut Goethe, et arménien. On disait que c'était un Libanais du Brésil, qui avait englouti sa fortune au jeu ou dans les affaires et qui avait perdu la tête. Les habitants du quartier l'aimaient beaucoup. Les dames lui apportaient des tartines de labné et du cake. Le père de Serge, à qui il demandait de lui passer les mégots de ses havanes au lieu de les jeter, ne les fumait parfois qu'à moitié. En 1982, au début de l'invasion israélienne, Abou el-Rich disparaît, les gens du quartier s'inquiètent pour lui. « Pauvre Abou el-Rich ! » Peu de temps après, ils apprennent qu'il est en réalité un colonel israélien, et voient en couverture d'un magazine libanais une photo de lui en uniforme sur l'un des chars qui entrent dans Beyrouth.

Les premiers jours de l'occupation, de nombreux espions se démasquent et rejoignent ouvertement les Israéliens, tandis que d'autres continuent leur travail dans l'ombre et ne seront connus que plus tard. Mais une chose est sûre, chaque quartier de Beyrouth, parfois même chaque rue, avait son espion dans les années 1970. Un chirurgien de l'Hôpital américain raconte qu'un vendeur de cassettes sillonnait alors le quartier de Hamra avec sa carriole, la musique à fond pour signaler son passage aux éventuels acheteurs. Il passait souvent sous les fenêtres de l'hôpital, où les médecins lui ont demandé pendant des années de s'abstenir de monter le volume à proximité, sans beaucoup de succès. Lors de l'occupation de Beyrouth par l'armée israélienne, après trois mois de blocus et de bombardements sauvages, un officier israélien en uniforme vient voir le chirurgien. C'est le vendeur de cassettes. Il dit qu'il tenait à venir s'excuser pour le bruit, qu'il ne faisait alors que son devoir. Autant de morgue et de mépris laissent le chirurgien sans voix.

Mon ami me raconte que le chef actuel du Mossad vient d'écrire un livre où il révèle comment une dizaine de ses hommes ont pénétré, en 2018, au cœur de Téhéran, dans l'entrepôt des archives nucléaires de l'Iran, ont ouvert pendant six heures d'affilée trente-six coffres-forts au lance-flammes et ensuite sorti les documents ultrasecrets d'Iran dans des camions conduits par des Iraniens très bien payés et qui ignoraient ce qu'ils transportaient. Je reste bouche bée. Faire sauter le port de Beyrouth, c'est franchement rien, à côté. Avec 2 750 tonnes de nitrate déjà sur place, la plus grande partie du travail est faite, c'est un jeu d'enfant.

Une nouvelle vidéo fait le tour des Libanais et brise les cœurs.
C'est Sahar, lors d'un déjeuner du dimanche à la montagne.
Elle danse, elle rit, elle embrasse son fiancé. Le temps du bonheur.

William Azar avait trente-deux ans.

Zeina Chamoun était mère de trois enfants.
Elle était chez elle à Gemmayzeh le 4 août à 18 h 07.

Youssef Lahoud, l'ami de mes parents.
J'ai été très émue en apprenant qu'il était l'une des victimes du 4 août.
Sa femme Mouna avait réalisé ma robe de mariée.

18

Le port, comme le pays

Le port, comme le pays, est tenu par des gangs. C'est ce que répète, depuis des années, Riad Kobeissy, journaliste d'investigation et activiste, l'un des piliers de la Thawra* née en octobre 2019. Les politiciens sont des mafieux, les leaders des parrains. Les employés et dirigeants, dans toute l'Administration et à tous les niveaux, ne sont pas nommés en fonction de leurs compétences mais de leur degré de loyauté à la mafia. Et en fonction de leur communauté, sachant que toutes les communautés sont aussi corrompues et se partagent le gâteau. La corruption gangrène le pays. Le port en est un microcosme – le service des douanes en particulier. Administration pourrie où tout se monnaye, y compris les explosifs. Bien avant le 4 août, Riad Kobeissy dénonçait déjà le fonctionnement des douanes et son directeur, ce qui lui valut d'être poursuivi en justice. Il ne comptait pas sur une démonstration aussi éclatante du bien-fondé de ses accusations qu'une explosion qui a détruit la moitié de Beyrouth ! Mais ça ne changera rien, le système est plus fort qu'une quasi-explosion nucléaire. Même si le directeur des douanes est sous les verrous pour l'instant, il n'y a pour ainsi dire pas d'enquête, pas d'accusés, pas de justice. C'est le plus grand drame du Liban, l'absence de justice ; l'impunité. Les mêmes responsables sont toujours là cinq mois après l'explosion du port, trente ans après la guerre de quinze ans. Ce pays est dirigé par ses pires citoyens au lieu que

* Thawra : révolution.

Passion port de Beyrouth…
J'ai acheté ce magazine koweïtien de 1972 chez un bouquiniste de Hamra il y a quelques années. La photo de couverture est certainement prise du haut des silos, inaugurés deux ans plus tôt.

ce ne soit l'inverse. Les plus voleurs et les plus criminels, mais aussi les plus incompétants. Pourtant, tout le monde le sait, que le Liban ne manque pas de talents.

Une phrase de Robert Fisk est inlassablement relayée sur les réseaux sociaux depuis cet été : « *So here is one of the most educated nations in the region with the most talented and courageous – and generous and kindliest – of peoples, blessed by snows and mountains and Roman ruins and the finest food and the greatest intellect and a history of millennia. And yet it cannot run its currency, supply its electric power, cure its sick or protect its people.* »

Oui, ils existent, ces citoyens talentueux, courageux, généreux. Ces hommes et ces femmes qui, en ce moment au Liban, se battent pour reconstruire la ville, pour soigner et pour nourrir, pour informer et militer.

« … protect its people… »

19

Thawra, naissance d'une nation

L'entraide qu'a connue Beyrouth les semaines après l'explosion est aussi spectaculaire que le blast lui-même. D'innombrables ONG, petites ou grandes, sont sur le terrain. Elles ont remplacé l'État défaillant et criminel. Certaines d'entre elles, créées pendant la guerre dans les années 1980, ont connu un tel développement, dans des domaines aussi différents que la santé, la construction, l'éducation, la banque alimentaire, aussi bien pour les Libanais défavorisés que pour les réfugiés, qu'elles sont littéralement devenues un État dans l'État, qui d'ailleurs leur sous-traite parfois des projets qu'il n'est pas capable de mener à bien, comme la construction d'écoles ou de prisons. Dès le 4 août, des milliers de bénévoles les rejoignent. En quarante-huit heures, six mille d'entre eux répondent à l'appel d'Offre-joie, l'une des plus structurées. Ces associations qui datent de la guerre ont été rejointes par de nombreuses nouvelles venues, souvent nées de la révolution d'octobre 2019, et par de jeunes activistes instagrammeurs qui utilisent leur outil en virtuoses pour tisser un réseau de solidarité rapide et efficace. Les simples citoyens ont pris les choses en main. Ce sont eux le vrai Liban. Une prière est relayée sur les réseaux : c'est vers le terrain directement que doivent aller les donations des États, des organismes internationaux ou des particuliers. Surtout ne rien donner à l'État corrompu.

Non loin du port.

Les premiers jours après l'explosion, le seul bruit qui court dans la ville hébétée est le délicat chuchotement des débris de vitres, le crissement des poussières de verre qu'on balaye partout. Les habitants de Beyrouth ont déblayé et nettoyé eux-mêmes leur ville. Aucune aide de la municipalité, de l'État ou de l'armée n'a été apportée, au contraire. Les personnes non mortes, non ou peu blessées, ont pris des pelles, des balais, des brosses, ont fait le ménage de la rue. Elles ont ôté les gravats, les vitres brisées, ont aidé les vieux, les malades, les blessés à dégager leurs maisons ou appartements, puis à réparer le plus pressé, toits, portes, fenêtres. Dès le premier jour, même dans l'urgence, elles ont trié, parce que tout ou presque est récupérable dans un pays en crise. Le verre d'un côté, le bois d'un autre, et les moulures, le fer, les tuiles. Ils ont bien fait les choses. Pour les vieilles maisons traditionnelles, le tri est particulièrement important. C'est avec les mêmes éléments qu'il faudra rebâtir. Ces bénévoles, ce sont eux qui reconstruisent la nation. Les volontaires, versus les vautours.

Accrochée à mon téléphone, je scrute le moindre signe, la moindre action qui pourrait être le début de la fin pour les escrocs qui ont mené le Liban au naufrage, en vain. Les jours passent et rien ne se passe. Si, de nouvelles horreurs, sans arrêt. Politiques, économiques ou sécuritaires. Mon pauvre pays est à l'agonie, ma ville à genoux, et ces monstres sévissent toujours. Pires qu'avant. Plus voleurs, plus menteurs, plus criminels. On tire maintenant à balles réelles sur les manifestants, on les séquestre, on les traduit devant le tribunal militaire. C'est la peur qui règne désormais, comme dans le pire des pays totalitaires. Oui, au Liban, pays de

« Ce sont eux le vrai Liban… »

Ils fabriquent béquilles, chaises roulantes et déambulateurs dans l'atelier d'Arcenciel, une des plus vieilles ONG du Liban.

Ils sont plus compétents et utiles à la société
que n'importe quel ministre ou n'importe quel banquier.

Réparer les toits de Beyrouth…

la liberté d'expression, refuge de tout révolutionnaire muselé ou séquestré dans n'importe quel autre pays arabe, le peuple est livré en pâture à la Sulta.

Et pourtant, la Thawra, née le 17 octobre 2019, se poursuit. Ce n'est plus la foule. Les gens sont fatigués, vidés, désabusés. Les gens ont peur de la répression des FSI et de l'armée et de l'intimidation des hommes d'Amal et du Hezbollah. Mais quelques poignées de citoyens descendent encore dans la rue tous les jours. Plusieurs fois par jour. Ils sont sur tous les fronts, tous les sujets, ne laissent rien passer. Vigilants. Ils sont la seule chance du Liban, il n'y en a pas d'autre. Eux, et ceux qui soignent, qui nourrissent, qui nettoient. Parfois ce sont les mêmes. Peut-être souvent. Ce sont ceux qui font passer l'intérêt du pays et de la société avant le leur et celui de leur communauté. Nous ne sommes pas un pays où cela va de soi. Ces femmes et ces hommes sont des héros, Ils sont courageux et se battent dans l'espoir de construire enfin une nation. Cela aussi ne va pas de soi. Le mot espoir. Quelle folie.

Depuis un an, je suis sur Instagram plusieurs des meneurs de cette révolution, presque heure par heure, alors que je ne jette qu'un regard distrait au reste des comptes. Il y a l'activiste gueulard et l'activiste social, l'avocat engagé, le journaliste militant, l'acteur actif... Il y a des collectifs très efficaces, ceux qui sont sur le terrain, ceux qui transmettent l'information et l'analyse, ceux qui gèrent l'organisation... Il y a aussi l'invraisemblable ThawraMap, qui traque, grâce à un vaste réseau anonyme et efficace, les politiciens en temps réel, et signale leur présence dans

Beaucoup de manifestants vont perdre un œil…

tel resto ou tel mall à ses milliers de followers pour qu'ils se rendent sur place et harcèlent leur proie jusqu'à la faire quitter l'endroit ou en tout cas la couvrir de honte dans l'éventualité où la personne en question a un minimum d'amour-propre.

Certains des comptes Instagram de la Thawra.

Et puis il y a ceux qui nous font rire. Ammounz, par exemple, la fille la plus ordurière dont on puisse rêver, qui fait des mini-vidéos où elle s'adresse au président ou au Premier ministre dans un arabe plus que familier. Et FarixTube – Farid Hobeiche –, dont les vidéos subtiles et hilarantes décrivent la vie quotidienne des Libanais dans le merdier où ils sont.

Ammounz, langue bien pendue…

Farid Hobeiche – FarixTube –, heureusement qu'il existe.

« Son excellence le tueur. »

Quelqu'un vient de poster une photo d'une manif de novembre dernier, la manif de l'Eden Bay, avec un commentaire nostalgique. Soudain, je tressaille. Cette manif, j'y étais. Moi qui suis aujourd'hui tout le temps au bord des larmes, plusieurs fois par jour, la distance qui me sépare de ce moment d'euphorie et d'espoir fou est tellement vertigineuse que j'ai la tête qui tourne. Je suis téléportée tout d'un coup en novembre, je revis les trente jours que j'ai passés dans la Thawra comme si j'y étais, comme si je pouvais remonter le temps puis l'arrêter et reprendre le cours des événements quand tout était encore possible.

J'ai pris cette photo rue Hamra en novembre 2019.

20

17 octobre

J'arrive à Beyrouth le 31 octobre 2019. Une révolte, déjà appelée révolution, a éclaté au Liban le 17 octobre. Dans l'avion à moitié vide je suis fiévreuse, excitée par l'inconnu des jours à venir. Un sentiment que je connais bien pour l'avoir longtemps éprouvé, très proche de celui de mes retours au Liban pendant les deux dernières années de la guerre, lorsque j'étais étudiante à Paris. Ces nombreux retours étaient pleins de promesses de moments intenses, dangereux, effrayants, tout ce que je redoutais mais qui me faisait vivre.

Je déballe ma valise puis me dirige à pied vers le centre-ville, Place Riad el-Solh et place des Martyrs, là où tout se passe. Depuis quelques jours, les manifestants bloquent les routes dans tout le Liban, en premier lieu le Ring. Pour qui a connu la guerre, la fermeture du Ring est chose familière. Familière et funèbre. Il est resté fermé pendant quinze ans, et, les premiers temps, qui l'empruntait encore avait peu de chances d'arriver à destination, tombant sous les balles des francs-tireurs de l'un ou l'autre bord, d'où son surnom de Ring de la mort. Aujourd'hui rien de tel, puisque ce n'est pas la guerre, mais la révolution. Et c'est une révolution qui a déjà une réputation, celle d'être pacifique, sympathique, festive, citoyenne… Mais rien à faire, cet air de déjà-vu ne me quittera plus, et des réminiscences de cette époque révolue s'inviteront à différentes occasions dans les prochaines semaines.

Sur place, mes appréhensions disparaissent quelque temps.

Je rentre dans la fête, réjouie. Le centre-ville de Beyrouth était devenu, depuis sa reconstruction controversée, un quartier propre, chic (*sic*), cher, inaccessible aux milieux populaires, très éloigné de ce qu'il fut durant des siècles, lieu de convivialité, de brassage social et communautaire. Depuis le 17 octobre, il est reconquis par une foule mélangée, proche de celle qui avait forgé la réputation du Beyrouth d'avant-guerre. Partout des marchands ambulants, vendeurs de maïs grillé, de knéfé au feu de bois, de brochettes, de qaak, je n'avais plus vu cela dans ce quartier depuis 1975 ! Il y a des familles avec enfants, des bandes de jeunes, des vieux, des vieilles, des artistes, des intellectuels, des chômeurs, des riches, des pauvres… Des gens s'attroupent autour d'un tribun improvisé, d'autres chantent des chansons populaires dont ils ont changé les paroles pour railler les leaders honnis. Les slogans sont drôles et impertinents.

Les soldats qui montent la garde autour de cette gigantesque zone sont flegmatiques. Ces slogans qui appellent à la chute du pouvoir ne semblent pas les perturber. En plein cœur battant de la contestation, ils sont accoudés aux barrières de sécurité ou aux voitures dans des postures lascives, voire voluptueuses, une cigarette ou un sandwich à la main… Ils ont l'air d'être dans leur jour de congé, lors d'un bon pique-nique au bord de la mer ou d'une noce dans un village de montagne, attendant l'arrivée de la mariée… Sur le visage de beaucoup se lit le regret de ne pas pouvoir se mêler aux réjouissances ou à la fureur de la foule.

Comme les choses vont changer ! Ce sont les mêmes hommes qui agressent, aujourd'hui, les manifestants avec une violence extrême. Et, depuis quelques jours, à balles réelles.

Dans ces manifestations bon enfant,
j'aurais pu croiser la petite Alexandra et ses parents.
Cette photo a été prise à Azarieh et me brise le cœur.

J'aime cette banderole d'avant le 4 août.
Elle est sympa, intraduisible.
Après le 4 août, il n'y a plus que la rage qui soit possible.

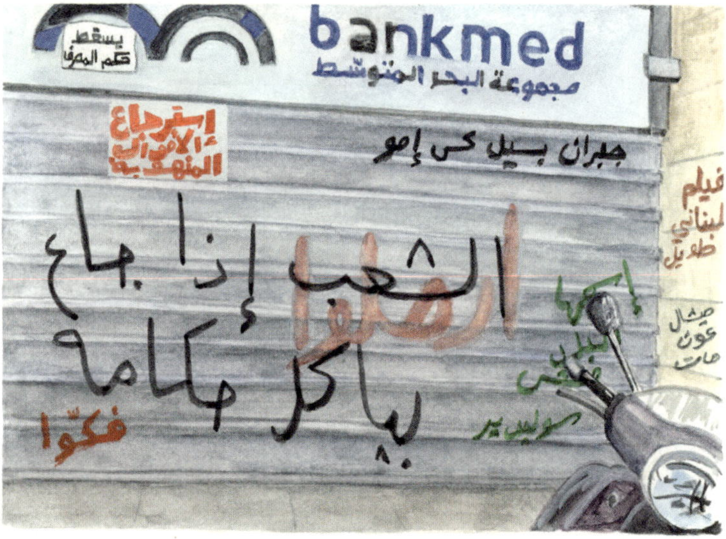

Quand le peuple a faim il mange ses dirigeants.
Gebrane Bassil fils de pute.
Partez. Cassez-vous.
Que chute le régime des banques.
Restitution de l'argent volé.
Michel Aoun est mort.
C'est le cœur de Beyrouth, pas Solidere.
Un long métrage libanais.

Les slogans recouvrent les murs. Tous les leaders y sont épinglés. *Kellon ya3ni kellon*. Tous veut dire tous est le mot d'ordre de cette révolution. Tous insultés dans les termes les plus crus.

Place Riad el-Solh. Au fond à gauche, le Sérail.
Entre les deux immeubles, le début de la rue des banques.
À droite, l'entrée de la rue du Parlement.

Tous traités de voleurs. Tous on leur demande des comptes. On veut l'argent volé. Je prends des photos de tous les slogans. Une archiviste. Je suis enfin pleine d'espoir. Je pénètre dans le Grand Théâtre (où avait chanté Oum Kalthoum dans les années 1930 !), éblouie par cette ruine hors d'accès depuis la fin de la guerre. Je pénètre ensuite dans « l'œuf », carcasse d'un cinéma à l'architecture futuriste où des citoyens tiennent aujourd'hui des débats ouverts à tous. La révolution s'est approprié ces lieux confisqués, tout un symbole… Ma fascination est totale devant les virtuoses du jazal, cet art très libanais de l'éloquence, qui se pratique, un peu comme le slam, en joutes verbales hautement savoureuses. Deux ou trois virtuoses régalent la foule. Ils épinglent les politiciens en vers, avec esprit, audace et insolence. La palme de l'homme le plus raillé de la République revient à Gebran Bassil, le gendre du président. De temps en temps, l'hymne national est entonné, et tout d'un coup j'ai les larmes qui me montent aux yeux. Très émue, il me faut quelques secondes avant de me dominer et me joindre au chœur avec fougue.

Le lendemain, c'est la manifestation de l'Eden Bay. Le cortège longe la corniche et se dirige vers ce complexe hôtelier cinq étoiles construit dans l'illégalité la plus totale sur une plage du sud de Beyrouth, Ramlet el-Bayda, région où faire couler du béton est interdit. Cette privatisation frauduleuse de la côte libanaise a été possible pour une raison simple : le propriétaire de l'hôtel, Wissam Achour, est un proche de Hariri et de Berri, on murmure même qu'il ne serait qu'un prête-nom… On scande des slogans jouissifs, à la stylistique recherchée, mais dont le contenu est simple et peut être résumé comme suit : « Hariri, voleur, Berri, voleur, Achour, voleur, restituez la côte et les terres volées au peuple libanais. »

À proximité de l'entrée de l'Eden Bay, on ne peut aller plus loin. Des soldats bloquent la route. Le but des manifestants n'est pas de se frotter à l'armée, on s'arrête donc, et la manif se poursuit sur place, puis l'excitation retombe, et on se dit que c'est le moment de rentrer. Un mouvement prend alors naissance en bout de cortège. On nous demande de nous écarter un peu pour laisser le passage à une voiture bloquée derrière la manif et où se trouve un malade. Comme c'est l'habitude dans ces cas-là, on s'écarte en

À la fin de Ramlet el-Bayda,
sur le mur d'enceinte de l'Eden Bay,
le mot Thawra.

n'y croyant qu'à moitié. Et évidemment, ce n'est pas une voiture qui s'engage dans la haie d'honneur formée par la foule scindée en deux, mais dix, quinze, vingt, et c'est là que se passe quelque chose de magique, qui transforme la manifestation à moitié éteinte en un spectacle surexcitant : deux jeunes aux allures de voyous crient à chaque voiture qui s'engouffre dans la foule : « Si vous êtes avec la révolution, concert de klaxons ! » Un tintamarre de klaxons se mêle alors aux applaudissements et aux chants de la foule sur un rythme effréné, donnant au cortège un retentissement qu'il n'aurait jamais espéré. Le souvenir vivace de cet instant d'euphorie me fait mal aujourd'hui. Ce moment où nous étions en train de changer le monde a fait place au pire des cauchemars.

Pour rentrer à la maison, ma sœur et moi traversons Beyrouth par les quartiers intérieurs. Jnah, Cola, Msaytbé, Mar Elias, Dar el-Fatwa… Tout à coup, dans les ruelles un peu éteintes de ce quartier résidentiel, une sorte de bruit de fond proche, régulier et sonore, nous parvient par les fenêtres ouvertes de la voiture. Rue après rue, le bruit ne s'estompe pas, il nous accompagne, un petit tintamarre, avec des nuances et des inflexions… « Ce sont les casseroles ! » dit ma sœur. Le matin même, nous avions vu sur Instagram un appel à taper sur des casseroles pendant cinq minutes à vingt heures, en signe de protestation. Nous avions aimé l'idée, mais pensions que le temps était court pour que les gens soient au courant, et puis nous n'y avions plus songé toute la journée… et voilà que ça marche ! Dans chaque rue, trois ou quatre femmes à leur balcon, pas plus, mais ça suffit ! Déçue de ne pas être chez moi pour participer, je sors mon bras par la fenêtre de la voiture et tambourine sur la carrosserie, bientôt imitée par d'autres automobilistes. J'apprends un peu plus tard qu'il a été décidé de réitérer le coup tous les jours à vingt heures. J'en suis ravie, je me promets d'être chez moi le lendemain. « Tu es folle ! me dit ma

L'entrée de l'immeuble d'Électricité du Liban,
à 550 mètres des silos, après le 4 août.

sœur, dans ton quartier tu ne peux pas faire ça ! Tu as une permanence d'Amal* dans ta rue ! Ils sont dans tout ton quartier, d'ailleurs. » Je me dis qu'elle exagère, qu'on n'est plus au temps de la guerre. Ces miliciens qui regardent la télé toute la journée en fumant et buvant des cafés sur le trottoir ont l'air inoffensif, ils ont même l'air sympa. Et puis soudain, lancinante, revient la question : et si, finalement, rien n'avait changé depuis la guerre ? Si ça reprenait tout d'un coup ? Il suffit d'une étincelle…

Le lendemain à vingt heures, je suis sur ma terrasse. Je dois reconnaître que ma sœur avait raison, personne, absolument per-

---

* Amal : parti chiite allié au Hezbollah

sonne ne tape sur une casserole dans ma rue, ni dans les rues attenantes. En tendant l'oreille, on peut entendre une rumeur venant de quartiers voisins.

Les jours suivants les manifs ciblées se multiplient. Devant le palais de justice, devant la Banque du Liban… Le dimanche à dix-neuf heures, c'est devant le bâtiment d'Électricité du Liban, temple national de la corruption, que la foule a rendez-vous. Il y a beaucoup, beaucoup de monde. Comme d'habitude, il y a aussi des habitants aux balcons qui surplombent le rassemblement. Et comme d'habitude, les manifestants lèvent régulièrement la tête vers ces spectateurs passifs pour leur dire, à travers ce slogan moqueur devenu un rituel : « Ceux qui sont à leur balcon, descendez faire la révolution ! » Ce soir, il y a des familles entières aux balcons, mais personne ne bouge. Les discours se succèdent. Comme dans la plupart des grandes manifs, on chante une célèbre ballade de Marcel Khalifé, « Ya bahriyé ». Soudain, un fracas incroyable couvre la clameur de la manifestation. Les casseroles ! Il est vingt heures et on n'y pensait pas. Mais les gens aux balcons y ont pensé, et ils ne l'ont pas fait timidement ! Pendant cinq minutes ils ont tapé à tout rompre, de tous les balcons alentour, redoublant la clameur de la foule surchauffée par cette surprise. C'était fantastique ! Ce souvenir aussi me fait mal. Quel gâchis !

La Banque du Liban, rue Hamra.

L'apocalypse…

21

Ça commence à se gâter

Le 12 novembre 2019, les choses s'accélèrent subitement. Un homme est abattu devant sa femme et son fils de douze ans alors qu'ils manifestaient à Jiyé. La scène est évidemment filmée par des portables et fait le tour du pays par WhatsApp à la rapidité de l'éclair. Chacun au Liban a eu dans son téléphone les hurlements déchirants de la femme d'Alaa Abou Fakhr et la vision du sang. La peur et la colère sont dans tous les esprits, la peur que les choses s'emballent pour de bon. Le tueur est un militaire qui a été arrêté. La victime, aussitôt appelée martyr, est un druze, membre du Parti socialiste progressiste, dont le chef est Walid Joumblatt, aussi éloigné du socialisme qu'il est possible de l'être et chef des druzes également. Dès l'annonce de la nouvelle, celui-ci, bien qu'étant un des politiciens les plus visés par cette révolution, se rend auprès de la famille du défunt. Il appelle fermement l'assemblée d'hommes en colère qui l'entoure à renoncer à la vengeance et à attendre que la justice fasse son travail. Ne pas faire entrer le pays dans un engrenage fatal. Son adresse aux proches du martyr et aux membres de son parti est aussi filmée par les téléphones et fait le tour du Liban. L'occasion pour moi de constater que, malgré plusieurs semaines de révolte contre l'establishment politique et malgré le fait que Walid Joumblatt en soit la personnification, son emprise sur les manifestants de sa communauté n'a en réalité pas changé. J'enrage. Je me dis que non, décidément, rien n'a changé… On attend le président de la République, qui doit parler à la télévision le soir même.

Avant même la fin de l'émission, les gens sont dans la rue. Cela faisait une semaine que la révolution tournait un peu en rond, rentrée dans une routine morose, et la mort d'Alaa Abou Fakhr

Sur les écrans de téléphone s'affichent la vidéo du meurtre et aussi cette photo d'Alaa et ses enfants.

y avait ajouté une dose d'appréhension et de découragement… Là, en seulement quelques phrases, Aoun venait de déchaîner les foudres contre lui. Contre lui personnellement. On oublie les autres, tous les autres, maintenant c'est sa peau à lui qu'on veut. À Beyrouth, les premiers à descendre dans la rue ne se dirigent pas comme d'habitude vers le centre-ville, ils vont directement *fermer* le Ring. Ma sœur et moi en faisons partie. Dans toutes les villes du Liban on bloque les routes. Partout les gens sont révoltés par les propos du président. On l'injurie désormais sans aucune retenue, la foule est survoltée. De nouveaux slogans surgissent, Aoun est au centre de tous. Une jeune femme avec un mégaphone est étonnante. Elle hurle un slogan improvisé et la foule autour d'elle le répète. Elle tient longtemps, avec chaque fois une nouvelle phrase. Ceux qui l'entourent de près sont surtout des hommes. Menés par ce bout de femme, ils reprennent ses incantations avec fureur.

Le lendemain, les funérailles d'Alaa Abou Fakhr, désigné « martyr de la révolution », donnent lieu à des festivités dans le Liban tout entier. Partout on allume des bougies, on peint son portrait sur les murs, on adresse des messages de soutien à sa famille. Sa femme Lara, femme de caractère, pleure sur son cercueil ouvert recouvert de montagnes de fleurs. Penchée sur le visage paisible de son mari qu'elle caresse de temps en temps, elle s'adresse à lui exactement comme s'ils étaient seuls, mais en hurlant le plus fort qu'elle peut. C'est avec le monde entier qu'elle veut partager son amour et son malheur, des déclarations d'amour sauvages et des remontrances intimes énervées et poignantes. « Que vais-je faire maintenant ? » « Qui va me dire si ma mjaddara manque de sel ? » « Qui va me préparer le narguilé à la tombée du soir ? » Les cloches sonnent en hommage au martyr, pourtant druze.

Pas plus de deux jours plus tard, un coup de théâtre me fait reprendre espoir. Un nouveau Premier ministre est nommé soudain. Mon optimisme ne dure pas plus de trois minutes, le temps qu'il faut pour lire son portrait sur internet… C'est une blague ? Non seulement l'homme a plus de soixante-quinze ans, mais il

Lara et Alaa.

a trempé dans d'innombrables affaires… Le profil type du politicien véreux dénoncé par les manifestants depuis le début de la révolution. On rebloque les routes partout. Des hordes d'internautes se hâtent de moquer l'homme et ceux qui l'ont nommé sur les réseaux sociaux. Ils se surpassent – la situation a atteint de tels sommets ! Son Wikipédia est modifié dans l'heure par des petits malins et fait état de tous ses méfaits. L'homme est grillé avant même d'être officiellement désigné, on n'en parle plus, on a bien rigolé, mais on a surtout envie de pleurer. On est loin d'imaginer alors qu'un an plus tard, on se retrouvera de nouveau avec Hariri au sérail. C'est une malédiction.

Je fais imprimer une affiche et la fais coller sur les murs de la ville. C'est un dessin d'une femme qui hurle, tiré de mon livre *Ô nuit Ô mes yeux*, avec, en dessous, le mot Thawra. J'ai beaucoup reproduit dans mes livres, surtout dans *Ma très grande mélancolie arabe*, des affiches politiques, partisanes, ou engagées, qui ont fait l'histoire du Proche-Orient et qui ont recouvert, en d'autres temps, les murs de Beyrouth. Je suis très fière de faire à mon tour partie de cette histoire… Pour boucler la boucle, je me fais photographier dans une ruelle de la corniche, devant une affiche des années 1970 rééditée récemment, représentant Gamal Abdel Nasser. Cette affiche, je l'avais dessinée dans *Bye Bye Babylone*.

Fin novembre, les avocats libanais élisent leur bâtonnier. L'enjeu est de taille. Un candidat issu de la révolution se présente. Il est élu face à un candidat soutenu par l'ensemble des partis politiques libanais. Melhem Khalaf est élu avec un grand nombre de voix

Ordre des avocats
Beyrouth, mère des lois

Dans l'Antiquité, l'école de droit de Beyrouth rayonnait sur la Méditerranée…
Aujourd'hui, au Liban, le mot justice n'existe plus.

d'écart. À l'annonce de sa victoire, la salle bondée de l'ordre des avocats explose, plusieurs groupes d'avocats en liesse clament en brandissant le poing « Thawra, Thawra », révolution, révolution, exactement comme s'ils étaient place des Martyrs. Le nouveau bâtonnier, charismatique et imposant, était présent depuis les premiers jours dans les manifestations. Il porte en lui un immense sentiment de progrès et d'espoir. Fondateur, dans les années 1980, de l'organisation humanitaire Offre-joie, l'une des plus importantes et actives au Liban dans toutes les communautés, il est un fervent promoteur de l'entente islamo-chrétienne, très engagé dans de nombreux combats pour plus de justice sociale, plus de tolérance, et les droits de l'homme en général… Son parcours est hors normes, le vent commence-t-il à tourner ?

Hélas, non ! Dès les semaines qui suivent, le Liban est en perdition. La crise économique s'aggrave tous les jours. Certaines personnes en détresse n'ont plus la force de manifester, seulement de s'immoler. Les FSI violentent les manifestants aussi brutalement que les partisans d'Amal ou la milice du Parlement. L'épidémie du Coronavirus cloître les gens chez eux… J'enrage à l'idée de la révolution matée. Je veux absolument croire que ce n'était pas qu'une parenthèse qui s'est refermée. Je suis en fureur contre mon impuissance.

*Majida Kassab était au chevet de sa mère à l'hôpital orthodoxe le 4 août à 18 h 07.
Sa mère a survécu mais Majida a perdu la vie.*

Jours de colère sur les murs de Beyrouth.

Jours de fureur.

Aujourd'hui, plus d'un an après le début de la Thawra, presque six mois après l'explosion du port, je n'ai plus d'espoir. La situation est plus que tragique, à tous les niveaux. Le Coronavirus fait des ravages, les hôpitaux sont pleins jusque sur leurs parkings, leurs personnels sont à bout, Hariri est de retour et il est aussi incapable qu'avant, le Hezbollah est toujours là, Aoun et tous les autres sont toujours là, la Thawra est sauvagement réprimée, la situation économique est catastrophique, plusieurs assassinats ont eu lieu, visiblement liés à l'explosion du port dont l'enquête est une vaste imposture. Les Libanais sont angoissés, désespérés. Les avions de chasse israéliens survolent le Liban, y compris Beyrouth, plusieurs fois par jour, à très basse altitude, dans un bruit effroyable, terrorisant une population déjà traumatisée.

Nous ne surmonterons pas le 4 août. À moins d'un miracle. Notre seule chance.

Une amie libanaise qui habite Paris m'a dit il y a quelques jours être passée devant la porte entrebâillée de la chambre de sa fille de sept ans avant qu'elle ne se couche, et l'avoir surprise à genoux à côté de son lit, les mains jointes, en train de faire une prière : « Et s'il vous plaît, mon Dieu, aidez le Liban. » « J'ai eu la chair de poule, me dit mon amie, je me suis vue à son âge, dans la même posture, et avec les mêmes mots dans la bouche. On n'en finira jamais, c'est une malédiction ! »

Soudain, un miracle. La victoire des candidats indépendants et laïques, issus de la Thawra, aux élections estudiantines, dans toutes les universités du Liban, est une vraie raison de se réjouir. C'est une conquête historique. Jusque-là, les universités étaient toutes noyautées par les partis, depuis toujours. Il était impensable qu'un indépendant émerge. Là, les partis sont remerciés, la Thawra continue !

Depuis plusieurs semaines, j'ai une obsession, je cherche à connaître la date exacte de la construction des silos. La voilà, enfin j'ai l'information fiable sous les yeux : première pierre, septembre 1968. Je ne suis donc pas seulement née avec la violence, mais avec les silos. Inauguration, août 1970. Il y a cinquante ans.

Les silos du port ont si bien résisté à l'explosion qu'ils auraient sauvé une partie de Beyrouth de la destruction et sauvé des vies. Les quartiers situés au sud-ouest du silo, le côté opposé au hangar n° 12, ont été relativement épargnés. Tous les experts s'accordent à dire que s'il n'avait pas été contenu par les silos, le souffle de l'explosion aurait fait beaucoup plus de dégâts à l'ouest, et surtout beaucoup plus de victimes.

Je ne peux m'empêcher de penser à la résistance du cinéma Rivoli, et à sa grande enseigne « ORIENT ». Sa résistance à une autre sorte d'explosion. Ce bâtiment massif et minéral fermait la place des Martyrs du côté de la mer. Il avait vaillamment résisté à quinze années de guerre, à peine égratigné. Au moment de la reconstruction de Beyrouth par Solidere, aujourd'hui largement reconnue comme gigantesque opération immobilière de corruption, l'esthétique Art déco de ce cinéma mythique heurte le goût saoudien de Rafic Hariri et sa folie des grandeurs. Il voudrait faire à cet emplacement « une avenue plus large que les Champs-Élysées ». On décide donc de faire sauter cet édifice qui est pourtant un emblème du Liban d'avant-guerre, certainement le plus photographié et reproduit avec les temples de Baalbeck. Les entrepreneurs devront s'y reprendre à quatre fois avant qu'il ne soit ébranlé, augmentant à chaque essai la charge en explosifs. Le Rivoli est finalement pulvérisé dans une gigantesque implosion, battu par les nouveaux maîtres du jeu, puis rasé.

Depuis le 4 août, on ne photographie le silo que sous un angle, du côté de l'explosion. Décharné, défiguré, mutilé, carcasse monstrueuse.

Vu de l'autre côté, côté ouest, il est encore bien blanc et bien droit, pratiquement intact. J'y vois un signe, tout n'est pas perdu. D'autant plus que le côté ouest, c'est celui qui prend la lumière. La lumière qui vient de la mer. La lumière du soleil couchant.

Paris, le 20 janvier 2021.

J'ai terminé ce livre il y a quelques jours.
Mais ce matin, une courte vidéo m'a arraché des larmes.
Impossible de ne pas ajouter un dernier dessin.
C'est l'anniversaire de Sahar, il y a un an exactement,
dans la caserne de la Quarantaine.

1 Les silos
2 Le hangar n° 12
3 Le 3e bassin
4 La caserne de pompiers
5 La maison de ma grand-mère
6 L'appartement de mes parents
7 Villa de Lady Cochrane
8 L'hôpital orthodoxe
9 L'hôpital Wardieh
10 L'hôpial de la Karantina
11 L'hôpital Geitawi
12 Maison de ma soeur Nayla
13 Bureau de ma soeur Youmna
14 Immeuble Skyline
15 Immeuble east village
16 Immeuble Sama Beirut
17 Club de gym de Nayla
18 EDL (Électricité du Liban)
19 Statue des martyrs
20 Place Riad el Solh
21 Parlement
22 Sérail
23 Grand Théâtre
24 Œuf
25 Hôtel Dieu
26 Palais de justice

DU MÊME AUTEUR

Chez le même éditeur

BYE BYE BABYLONE, 2019

MA TRÈS GRANDE MÉLANCOLIE ARABE, 2017

Ô NUIT, Ô MES YEUX, 2015

Table

Les images de ce livre ont été réalisées d'après des photos largement diffusées sur les réseaux sociaux, en particulier Instagram. Leur origine est donc souvent inconnue.
Les histoires et informations relayées également.
Voici, autant que possible, les comptes où j'ai pu puiser mes sources :
@august4memorial @lebanontimes @livelovebeirut
@lorientlejour @gregorybuchakjian @daliakhamissy
@myriamboulos @arcenciel @beirutheritageinitiative
@bakalianmills @megaphonenews @daleelthawra
@thawramap @ginoraidy @ayahbdeir @leb.historian
@ammounz @farixtube

La photo de Pamela Zeinoun et des trois bébés a été prise par Bilal Jawish
Les images et témoignages du chapitre *Sacy et Noun* viennent d'un reportage de Sylvain Lepetit, Chloé Domat, Wissam Charaf et Sophie Guignon, *Dans le chaos des hôpitaux*.
Les images et témoignages du chapitre *L'hôpital orthodoxe* viennent de *Heroes wear scrubs*, film de Zeina Farah.

Pour aider le Liban :
offrejoie.org
arcenciel.org
redcross.org.lb
beirutheritageinitiative.com
assamehbb.org (Association du docteur Sacy)

Les extraits du chapitre 12 sont tirés d'un article de la Revue de géographie de Lyon*: "Le port de Beyrouth" par Jean Laugenie. 1956.*
Quelques pages à l'origine de ce livre sont parues dans M le Monde *et* Vanity Fair *au moment de l'explosion de Beyrouth et de la thawra.*

Cet ouvrage a été achevé d'imprimer en mai 2021
sur les presses de l'imprimerie Pollina à Luçon (Vendée)
N° d'édition : 398424
N° d'éditeur : 2736
N° d'imprimeur : 98339
Dépôt légal : avril 2021

Imprimé en France